Esta é uma publicação Principis, selo exclusivo da Ciranda Cultural
© 2020 Ciranda Cultural Editora e Distribuidora Ltda.

Texto
H.P. Lovecraft

Editora
Michele de Souza Barbosa

Tradução
Mayra Csatlos

Preparação
Sol Coelho

Revisão
Fernanda R. Braga Simon

Produção editorial e projeto gráfico
Ciranda Cultural

Diagramação
Fernando Laino

Imagens
Kseniya Parkhimchyk/Shutterstock.com;
Gluiki/Shutterstock.com;
Archiwiz/Shutterstock.com

Nesta edição, a tradução respeitou o texto original do autor, sem adaptações – mas vale ressaltar que a Ciranda não concorda com as opiniões do autor explícitas na obra. (N.E.)

Dados Internacionais de Catalogação na Publicação (CIP) de acordo com ISBD

L897s	Lovecraft, H. P.
	Os sonhos na casa da bruxa e outros contos / H. P. Lovecraft ; traduzido por Mayra Csatlos. - Jandira, SP : Principis, 2020.
	192 p. ; 15,5cm x 22,6. – (Literatura Clássica Mundial)
	ISBN: 978-65-5552-208-2
	1. Literatura inglesa. 2. Contos. I. Csatlos, Mayra. II. Título. III. Série.
	CDD 823.91
2020-2655	CDU 821.111-3

Elaborado por Vagner Rodolfo da Silva - CRB-8/9410

Índice para catálogo sistemático:
1. Literatura inglesa : Contos 823.91
2. Literatura inglesa : Contos 821.111-3

1ª edição em 2020
www.cirandacultural.com.br
Todos os direitos reservados.
Nenhuma parte desta publicação pode ser reproduzida, arquivada em sistema de busca ou transmitida por qualquer meio, seja ele eletrônico, fotocópia, gravação ou outros, sem prévia autorização do detentor dos direitos, e não pode circular encadernada ou encapada de maneira distinta daquela em que foi publicada, ou sem que as mesmas condições sejam impostas aos compradores subsequentes.

Esta obra reproduz costumes e comportamentos da época em que foi escrita.

SUMÁRIO

NYARLATHOTEP 7

OS SONHOS NA CASA DA BRUXA 12

O FESTIVAL 60

O VISITANTE DAS TREVAS 73

A CIDADE SEM NOME 105

A CHAVE DE PRATA 122

O DEPOIMENTO DE RANDOLPH CARTER 138

A COISA SOBRE A SOLEIRA DA PORTA 146

O INOMINÁVEL 181

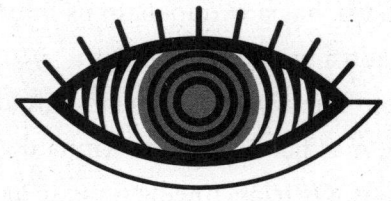

NYARLATHOTEP

Nyarlathotep... o caos rastejante... não sobrou ninguém... resta-me apenas o vazio, meu único ouvinte...

Não me lembro exatamente quando tudo começou, mas afirmo ter sido alguns meses atrás. A tensão era de um horror infinito. A esse momento político e social já bastante tumultuado acrescentou-se ainda uma angústia sombria e bizarra que trazia consigo a certeza de uma repugnante ameaça física, uma ameaça onipresente, tal qual o pavor criado pelos fantasmas que habitam a mente noite adentro. Lembro-me de que as pessoas passavam por mim com expressões cadavéricas e perturbadas e sussurravam augúrios e profecias que ninguém em sã consciência ousava repetir, sequer anuir. Uma sensação perversa de culpa jazia sobre as terras, e, do abismo entre as estrelas, correntes gélidas alastravam-se e aterrorizavam os homens em meio ao escuro produzido pelo crepúsculo da noite, nos becos mais solitários da cidade. As estações do ano haviam se transformado de maneira demoníaca: o calor do outono perdurava assustadoramente, e todos sentiam que o mundo, e talvez o universo inteiro, havia extrapolado os limites das forças e dos deuses e, então, passado a um domínio oculto.

Foi nesse momento que Nyarlathotep emergiu do Egito. Quem ele era ninguém o sabia, mas ficou claro que vinha do sangue e da linhagem dos antigos faraós. Os felás[1] imediatamente ajoelharam-se diante daquela figura, sem saber por quê. Nyarlathotep anunciou que havia surgido da escuridão de vinte e sete séculos e que havia captado mensagens de habitantes locais exógenos ao planeta Terra. Dessa maneira, a figura adentrou as terras da civilização. Era magro, tinha pele escura e ar macabro, comprava estranhos objetos de vidro e metal e os amalgamava em outros instrumentos ainda mais sinistros. Tinha o costume de falar sobre temas como eletricidade e psicologia e fazer demonstrações de seu poder, o que aparvalhava seus espectadores e, por consequência, conferia-lhe ainda mais notoriedade. Os rumores sobre os poderes de Nyarlathotep corriam soltos e faziam qualquer homem estremecer. Por onde passava, tudo desvanecia, restando apenas gritos de pesadelos. Tais gritos, agora, haviam se tornado uma questão pública, como jamais antes visto. Até mesmo os homens mais sábios temiam cochilar, pois os gritos de viva agudez poderiam estorvar a lua pálida e misericordiosa à medida que esta iluminava as águas verdejantes, que corriam sob pontes e banhavam campanários antigos, os quais apontavam para um céu doentio.

Recordo-me de que, quando Nyarlathotep chegou à minha cidade, tão grandiosa e antiga quanto violenta, seus crimes eram de fato incontáveis. Um amigo havia feito um relato sobre a figura egípcia, bem como sobre a fascinação e o encantamento arrebatadores de suas revelações; em consequência, senti-me profundamente compelido a explorar os mistérios mais profundos daquela criatura. Meu camarada alertou-me

---

[1] Agricultores ou camponeses advindos do Egito e de outras terras árabes. (N.T.)

dos assombros e da perplexidade que jamais poderiam ser concebidos sequer pela imaginação mais fértil e, portanto, aquilo que expunha em uma tela dentro de um quarto escuro não era mais do que as profecias impetuosas de Nyarlathotep. Com a explosão de suas faíscas, pôde-se ver que elas haviam sido arrancadas dos homens, como nunca feito, e refletidas em seus próprios olhos. Também ouvira rumores por aí de que aqueles que conheceram Nyarlathotep tinham visões que outros não tinham.

    Foi no calor daquele outono que adentrei a noite ao lado de uma multidão insone para encontrar Nyarlathotep. Em meio à noite asfixiante, subimos escadas intermináveis rumo ao quarto da asfixia. Sombras de formas encapuzadas, refletidas em uma tela, em meio a ruínas, e rostos diabólicos cor de enxofre espreitavam detrás de monumentos derrubados. Vi o mundo digladiar-se com a escuridão, contra as ondas da destruição, vertiginando, pugnando, rebentando ao redor do sol, que se esvaía e esfriava. De repente, as faíscas propalaram-se ao redor das cabeças dos espectadores enquanto seus cabelos se arrepiaram e sombras ainda mais grotescas surgiram e agacharam-se sobre eles. Quando eu, que sempre fui mais frio e partidário dos conhecimentos científicos do que os outros, balbuciei um trêmulo protesto diante de tal fraude produzida pela eletricidade estática, Nyarlathotep nos escorraçou escada abaixo, em direção à rua, abafada, desértica e escurecida. Vociferei que eu não tinha medo, que nunca teria, e então os outros me acompanharam, para o meu consolo. Jurávamos uns aos outros que a cidade era exatamente a mesma e ainda estava viva; no entanto, quando as luzes começaram a enfraquecer, praguejamos a companhia elétrica da cidade e nos rimos das nossas próprias feições acovardadas.

    Creio que sentimos algo descer diretamente da lua esverdeada, pois, nos momentos em que dependíamos de sua luz, começávamos a marchar de maneira curiosamente involuntária e, de certa forma, farejávamos a nossa direção orientados pelo instinto, apesar de sequer pensarmos sobre ela. Em certo momento, olhamos para a calçada e percebemos que os blocos de concreto estavam soltos e mal posicionados por causa do crescimento da grama, onde quase não se podia ver a fina linha de metal enferrujada por onde passavam os bondes. Vimos um bonde solitário, afastado, arruinado e quase tombado. Quando olhamos no horizonte, não conseguimos encontrar a terceira torre às margens do rio e notamos que a silhueta da segunda torre estava em ruínas, bem no topo. Em seguida, dividimos-nos em filas estreitas, cada uma das quais parecendo apontar para uma direção distinta. Uma desapareceu em um vale afunilado, à esquerda, deixando para trás somente o eco de um gemido de choque. A outra fila desceu por uma passagem subterrânea repleta de uma vegetação alta; uivavam e riam-se como se beirassem a loucura. A minha fileira marchava no campo aberto, e eu sentia um arrepio que nada tinha a ver com o calor do outono. Conforme avançávamos pela terra escura, mais nos bestificávamos com a luz diabólica da lua que nos aureolava. Sem nenhuma trajetória e sem nenhuma explicação plausível, notamos que a neve caía em uma única direção, onde havia uma falha escura, ainda mais notável por causa das paredes que refletiam a luz. A minha fila estreitava-se mais conforme arrastava-se em direção à fissura. Permaneci em posição de recuo, já que a fenda obscura em contraste com a neve esverdeada me provocava profundo pânico; além disso, podia sentir os lamentos desesperados dos meus companheiros reverberar à medida que cada um deles desaparecia. Contudo, meu ímpeto de permanência estava abalado. Como se estivesse acenando na direção daqueles que já haviam vanescido, boiei entre os gigantescos montes de neve, tão trêmulo quanto atemorizado, em direção a um redemoinho cego e inimaginável.

    Consciente do meu pânico e ridiculamente delirante, de forma que apenas os deuses eram capazes de atestar, uma sombra doentia e sensível contorcia mãos que não eram mãos e girava às cegas, noites adentro, passando por criaturas apodrecidas, cadáveres de um mundo subterrâneo cujas feridas tinham o tamanho do mundo, ventos de câmaras mortais que enrubesciam as pálidas estrelas e produziam um cintilar debilitado. Fantasmas de criaturas monstruosas vagavam entre mundos, colunas turvas de templos não santificados jaziam sobre pedras indefiníveis no espaço e, então, estendiam-se em um vácuo atordoante acima das esferas de luz e escuridão. E, através deste cemitério insurreto do universo, o estampido abafado e enfurecido de um tambor, bem como o choro lamurioso de flautas, ecoava de câmaras soturnas e inconcebíveis para além do próprio Tempo. Ao som da detestável batida e daquele flautear específico, dançava lentamente, e de maneira tão bizarra quanto macabra, aquela gigante e tenebrosa figura, emissária do reino dos deuses do subterrâneo, personificada pela imagem de uma gárgula desprovida de visão, fala ou mente: Nyarlathotep.

FIM

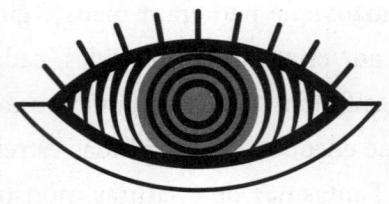

OS SONHOS NA CASA DA BRUXA

    Se os sonhos levaram à febre ou se a febre levou aos sonhos, Walter Gilman não sabia bem. Por trás de tudo, camuflado, habitava o horror deteriorado e decomposto da velha cidade, bem como do sótão úmido e profano de onde ele escrevia e estudava, peleando com figuras e fórmulas, ou então revirando-se na minguada cama de ferro. Seus ouvidos tornavam-se cada vez mais sensíveis, a um grau tão intolerável quanto sobrenatural, a ponto de ter de parar o relógio de moldura barata cujo tique-taque lhe parecia mais um trovão de artilharia. À noite, ouviam-se o sutil alvoroço dos arredores da cidade sombria, o sinistro correr dos ratos nos tabiques recheados de vermes e o ranger de tábuas da casa secular, suficientes para causar um pandemônio estridente na mente de Walter Gilman. A escuridão era apinhada de sons indefiníveis, e ele tremia de pavor em uma tentativa de evitar que suas orelhas captassem sons, mesmo os mais vagos, de algo que pudesse estar atrás dele, à sua espreita.

Ele estava em Arkham, cidade imutável, assombrada por lendas, com o seu aglomerado de telhados abobadados que se dobravam e se transformavam em sótãos escuros que, em épocas remotas, naquela mesma província, escondiam bruxas dos guardas do rei. Nenhum outro ponto da cidade lhe trazia memórias tão tétricas quanto o local que o abrigava agora, pois havia sido nesta casa e neste exato quarto que Keziah Mason, fugida inexplicavelmente de uma prisão de Salem, havia se refugiado. O ocorrido se deu em 1602. O carcereiro, que havia enlouquecido, chegou a balbuciar qualquer coisa sobre algo pequeno, que tinha pelos brancos e presas e que escapulira da cela de Keziah. Segundo seu relato, sequer Cotton Mather[2] poderia encontrar uma explicação para as curvas e ângulos desenhados na parede de pedra, da qual um líquido carmesim e visguento escorria.

Talvez Gilman não devesse ter estudado tanto. A matemática não euclidiana e a física quântica eram suficientes para expandir qualquer inteligência, ainda mais quando combinadas com as crenças populares em uma tentativa de rastrear uma estranha realidade multidimensional por trás de insinuações fúnebres de contos góticos e de sussurros oriundos de cantos escuros de chaminés. Seria raro que alguém em posse de tais conhecimentos fosse capaz de alcançar completa libertação das tensões mentais. Gilman havia nascido em Haverhill, mas foi apenas após seu ingresso na universidade de Arkham que passou a relacionar a matemática com as lendas fantásticas de magias antigas. Algo na atmosfera daquela cidade grisalha perturbava sua imaginação. Os professores da Universidade Miskatonic suplicavam que ele desacelerasse o ritmo dos estudos, e até mesmo interromperam o curso diversas vezes. Além disso, impediram-no de consultar os livros ambíguos sobre segredos proibidos que eram mantidos na biblioteca da universidade, dentro

---
[2] Cotton Mather foi um ministro protestante ligado à caça às bruxas nos Estados Unidos, entre os séculos XVII e XVIII. (N.T.)

de um baú trancafiado. No entanto, todas as precauções provaram-se tardiamente infrutíferas, já que Gilman havia conseguido acesso ao temido livro *Necronomicon*, de Abdul Alhazred[3], a fragmentos de O *livro de Eibon*[4], bem como ao abolido *Von unaussprechlichen Kulten*, de Von Junzt[5]. Com essas referências em mãos, Gilman pôde traçar correlações entre suas fórmulas abstratas sobre as propriedades do espaço e as dimensões conhecidas e desconhecidas.

Ele sabia que o quarto em que estava situado ficava na antiga Casa da Bruxa. Na verdade, este fora o exato motivo pelo qual decidira ocupá-lo. Havia muitas informações sobre o julgamento de Keziah Mason nos registros do Condado de Essex, bem como trechos do que ela admitiu, sob pressão, ao Tribunal de *Oyer* e *Terminer*[6]. Aquilo tudo fascinava Gilman acima da razão. Ela contou ao juiz Hathorne sobre linhas e curvas que poderiam ser criadas para apontar em direções que levariam a portais do espaço, que, por sua vez, levariam a outros espaços, e insinuou que tais portais eram muitas vezes utilizados em encontros à meia-noite no vale sombrio da pedra branca, além da Colina Meadow, na terra inabitada à beira do rio. Comentou sobre um Homem das Trevas, sobre seu juramento e sobre seu codinome misterioso: Nahab. Desenhou tais elementos nas paredes de sua cela e, então, sumiu, virou pó.

Gilman acreditava nos mistérios proferidos por Keziah e sentiu um arrepio cortante na espinha quando soube que a casa onde se escondera havia perdurado por mais de 235 anos. Logo, murmúrios oriundos de Arkham acerca da presença insistente de Keziah na antiga casa e nas ruas ermas da cidade chegaram aos ouvidos de Gilman, mas não apenas isso:

---

[3] Livro fictício criado pelo próprio autor H. P. Lovecraft. (N.T.)
[4] Livro fictício criado pelo próprio autor H. P. Lovecraft. (N.T.)
[5] Livro fictício criado pelo próprio autor H. P. Lovecraft. (N.T.)
[6] Do termo latino *"audiendo et terminando"* ou "ouvir e determinar". (N.T.)

outros rumores sobre dentes humanos irregulares, marcas deixadas em certos vagões-leitos naquela e em outras casas, choros de crianças ouvidos próximos de datas comemorativas, como a véspera de primeiro de maio[7] e Halloween, também o alcançaram. Gilman ouvira sobre o fedor pestilento que saía dos sótãos das casas após as estações do ano mais temidas e sobre um ser de pelo branco, indefinível, com presas afiadas que assombrava a cidade putrefata e punha a população curiosa a bisbilhotar ao longo das horas que antecediam o crepúsculo da noite. Por essas razões, Gilman decidiu que viveria naquela cidade a qualquer custo. Devido à impopularidade da casa, à dificuldade de alugá-la e ao desleixo em que foi deixada, conseguir um quarto lá dentro não seria tarefa trabalhosa. No entanto, ele não poderia contar sobre suas reais intenções ali, mas desejava ardentemente estar naquele prédio em que as circunstâncias, de repente, tornaram os conhecimentos de uma velha medíocre do século XVII em, talvez, alguns dos maiores *insights* sobre o ápice dos estudos matemáticos. Seus conhecimentos poderiam estar acima da sapiência moderna de Planck, Heisenberg, Einstein e Sitter.

Ele estudava as propriedades de paredes feitas de madeira e gesso com o intuito de encontrar desenhos crípticos em cada ponto acessível onde o papel de parede havia descascado. Dentro de uma semana, Gilman conseguiu alugar o sótão na direção leste, exatamente onde Keziah havia se refugiado e praticado seus feitiços. Apesar de o local estar vago desde sempre, pois ninguém jamais se dispôs a viver lá por muito tempo, o proprietário, um senhor polonês, havia nutrido certa desconfiança em relação aos possíveis locatários. Ainda assim, nada acontecera a Gilman... até o dia em que foi acometido pela febre. Na ocasião, nenhum fantasma de Keziah havia vagado pelos sombrios corredores ou câmaras da casa, nenhum bichano peludo havia rastejado pelo lúgubre

---

[7] Na véspera do dia primeiro de maio, os habitantes de países nórdicos e da Europa fazem rituais para espantar os maus espíritos. (N.T.)

refúgio para farejá-lo, tampouco Gilman conseguira algum registro de feitiços ou encantamentos que pudessem compensar sua busca incessante. Às vezes caminhava por um emaranhado de ermas passagens de terra que exalavam um odor pútrido, de onde era possível observar casas de séculos incontáveis com sua inclinação sobrenatural e que pareciam balouçar, zombeteiras, por meio de suas estreitas janelas de vidro. Neste momento, Gilman apercebeu-se de que coisas tenebrosas de fato teriam ocorrido. Havia uma vaga insinuação por trás das aparências de que todo o passado monstruoso poderia, pelo menos nas vielas mais escuras, estreitas e abscônditas, não ter sucumbido. Ele também remou duas vezes até a ilha abominada, rio adentro, e fez um rascunho dos ângulos singulares descritos entre os musgos que cresciam em pedras alinhadas, cuja origem era tão obscura quanto imemoriável.

O quarto de Gilman tinha um bom tamanho, mas um formato assaz irregular. A parede que encarava o Norte tinha uma curvatura perceptível de fora para dentro. O teto, por sua vez, era baixo e encurvava-se ligeiramente para baixo, na mesma direção. Excetuando-se um buraco claramente feito por um rato, e outros ainda pela metade, não havia acesso, ou qualquer sinal de acesso de épocas remotas, ao espaço que deveria ter existido entre a parede inclinada e a parede externa, do lado norte da casa. Apesar dos pesares, olhando pelo lado de fora, era notável que outrora uma janela fora ocultada bem ali. O sótão, acima do teto, que decerto teria o chão inclinado, era igualmente inacessível. Então, Gilman decidiu subir as escadas até o compartimento acima do sótão, o qual estava tomado por teias de aranha. Lá, encontrou vestígios de uma fenda apertada, inteiramente coberta por tábuas antigas fixadas por meio de ganchos de madeira maciça característicos da carpintaria dos tempos coloniais. No entanto, nenhuma artimanha persuasiva de Gilman foi capaz de convencer o proprietário da casa de que aquele compartimento deveria ser investigado.

Com o passar do tempo, a obsessão pela irregularidade da parede e do teto avultava dentro dele, pois remoía sem descanso a significância matemática dos ângulos anômalos, os quais lhe ofereciam escassas pistas sobre seu real propósito. A velha Keziah, refletia Gilman, devia ter excelentes razões para viver em um quarto de ângulos tão peculiares, pois não havia sido por meio deles que afirmava ter extrapolado as fronteiras do espaço que conhecemos? Logo, Gilman abandonou o interesse pelo vazio de profundidade imensurável, empregando-o às próprias superfícies, incluindo aquela sobre a qual estava.

A febre mental[8] e os sonhos vieram em meados de fevereiro. Durante algum tempo, aparentemente, os ângulos curiosos do quarto de Gilman pareciam causar-lhe um efeito de singular hipnotismo e, com a chegada do lôbrego inverno, ele se encontrava mais e mais absorto em suas observações acerca do ângulo formado pelo encontro da inclinação do teto com a inclinação da parede. Durante essa época, a sua incapacidade de concentrar-se nos estudos da universidade deixava-o deveras preocupado. Ele temia os exames semestrais, mas seu exagerado senso geométrico o perturbava um pouco mais. A vida havia se tornado uma grande dissonância, atormentadora e intolerável. Agora, ele tinha uma impressão subversiva e tenebrosa de que outros sons, talvez de regiões além-vida, penetravam os limites de sua própria audição. Vez ou outra, tais sons davam lugar aos ruídos terríveis de ratazanas arranhando os tabiques atrás das paredes, ruídos que pareciam não apenas furtivos, mas assustadoramente calculados. Quando vinham da parede virada ao norte, pareciam estampidos secos; em contrapartida, quando vinham do compartimento fechado, acima do teto, provocavam um pavor tão grande em Gilman que ele se encolhia e apenas esperava o momento em que as trevas descenderiam e, então, o tragariam por completo.

---

[8] A "febre mental" era frequentemente relatada durante o período vitoriano. Alguns livros da época mencionavam a enfermidade e a relacionavam com sintomas de calor, suor, rubor, dor de cabeça, delírios, entre outros. (N.T.)

Os sonhos ultrapassavam, e muito, os limites da sanidade, por isso Gilman sentia que eram resultado da união entre todos os estudos da matemática e das crenças populares. Não parava de ruminar acerca do vazio, e suas fórmulas corroboravam a ideia de que ele haveria de estar além das três dimensões conhecidas e, portanto, Keziah Mason, guiada por alguma influência além de qualquer suposição, teria encontrado o portal para o tal vácuo. Os registros envelhecidos de seu testemunho, bem como de seus acusadores, sugeriam coisas abominavelmente extra-humanas, como as descrições de grave realismo, apesar dos detalhes fantásticos, a respeito do ser lépido, de pelos brancos, que parecia ser a companhia da bruxa.

O tal ser, que não deveria ser maior do que uma bela ratazana e era excentricamente chamado pela população da cidade de "Homem-Ratazana", parecia ter sido fruto de um curioso caso de ilusão em massa, pois, em 1602, onze pessoas afirmaram tê-lo visto. Além dessa multidão, rumores mais recentes haviam ressurgido sobre o animalejo e trazido à tona um clima de instabilidade e perturbação à província. Testemunhas diziam que a coisa tinha corpo de rato, no entanto os dentes afiados, a cara barbada e as minúsculas mãos pareciam diabolicamente humanoides. Era certamente fruto da relação entre Keziah e o próprio diabo, alimentado com o sangue da velha, o qual sugava como se fora um vampiro. Sua voz soava como uma risada fina e tenebrosa e falava todas as línguas do mundo. De todas as monstruosidades que assombravam os sonhos de Gilman, nada lhe provocava tanto temor e náuseas do que aquele diminuto ser híbrido e de aparência repugnante, cuja imagem rodopiava sem parar em sua mente, causando-lhe ainda mais aversão do que qualquer outra coisa então criada em sua mente consciente com base nos registros antigos e rumores mais recentes.

Os sonhos de Gilman consistiam, na maioria das vezes, em mergulhos no abismo infinito em meio a uma penumbra de cor inexplicável, cujos sons eram alucinantes e desordenados. Eram abismos feitos de materiais e propriedades gravitacionais que ele sequer conseguia explicar. Lá, ele não podia caminhar, escalar, voar, nadar, rastejar ou esquivar-se, contudo estava em constante movimento, ao mesmo tempo voluntário e involuntário. Ele não era capaz de julgar as condições em que se encontrava, já que seus braços, pernas e torso pareciam mutilados pela estranha perspectiva criada, mas sentia que suas faculdades mentais e integridade física estavam fantasticamente transmutadas e obliquamente projetadas, embora não sem certa relação grotesca com as propriedades e proporções normais.

Os abismos não eram, de modo algum, vazios; pelo contrário, era possível observar uma grande quantidade de uma substância de cor esquisita, disposta em ângulos anômalos, alguns dos quais tinham aparência orgânica, e outros, inorgânica. Alguns dos objetos inorgânicos traziam à tona memórias vagas esquecidas em sua mente, apesar de sua incapacidade de trazer à consciência o que, de fato, afloravam ou sugeriam. Nos sonhos mais recentes, passou a categorizar os objetos orgânicos, o que envolvia, a depender de cada caso, padrões de condução e motivação quase opostos. De tais categorias, uma em particular incluía objetos ligeiramente menos ilógicos e irrelevantes do que os de outras categorias.

Tanto os objetos orgânicos quanto os inorgânicos estavam além de qualquer descrição ou compreensão. Gilman comparava a massa inorgânica aos prismas, labirintos, aglomerados de cubos e planícies, prédios ciclópicos. Já as coisas orgânicas eram mais variadas, como grupos de bolhas, polvos, centopeias, deuses hindus vivos e arabescos complexos que formavam padrões ofidianos. Tudo o que ele via representava uma ameaça inexprimível e abominável e, quando se sentia notado por uma das entidades orgânicas, era bruscamente tomado por um pavor tão grande que o fazia despertar. Não podia explicar como essas entidades se moviam, não além da maneira como ele mesmo se movia em tais circunstâncias. Porém, antes que despertasse, conseguiu desvendar mais um mistério: a tendência de alguns desses seres a aparecerem e desaparecerem do nada, literalmente. A confusão de gritos e gargalhadas que permeavam o abismo havia sido analisada por ele em todos os aspectos, tom, timbre e ritmo, mas pareciam sincrônicas com vagas mudanças visuais em todos os objetos indefinidos, fossem orgânicos ou inorgânicos. A apreensão de Gilman não cessava, carregava consigo a impressão de que alcançaria níveis intoleráveis de intensidade durante qualquer uma dessas levitações obscuras, incansáveis e, sobretudo, inevitáveis.

Entretanto, não foi durante esses momentos vertiginosos, de completa alienação do mundo, que ele testemunhara a existência do Homem-Ratazana. Aquele pequeno ser repugnante reservava-se aos sonhos mais suaves e nítidos, portanto nos momentos que antecediam o mergulho do sono profundo. Geralmente, Gilman estava deitado no escuro, lutando contra o sono, quando um fio de luz começava a cintilar pelo quarto ancestral, descortinando, em uma névoa violeta, a convergência das planícies angulares que haviam se apossado de sua mente de maneira tão pérfida. O Homem-Ratazana, então, chegava pela toca de rato, no canto, e, com os passos bem marcados pelo ranger das tábuas longas e velhas apregoadas ao chão, aproximava-se de Gilman com uma feição diabólica, cujo rosto era de fato forrado de pelos e assombrosamente humano. Por sorte, o sonho sempre se dissipava momentos antes que a coisa conseguisse tocá-lo. Ele tinha caninos longos e afiados como um Cérbero. À medida que Gilman tentava tapar a toca, os inquilinos do pequeno alojamento roíam a obstrução novamente, fosse o que fosse. Certa vez, Gilman conseguiu que o proprietário arrolhasse uma lata inteira naquela porção da parede, mas, na noite seguinte, os ratos haviam roído a lata e, curiosamente, trazido consigo um pequeno fragmento ósseo.

Gilman não reportou a febre ao médico por medo de não passar nos exames médicos da enfermaria da universidade, pois entendia que o momento deveria ser devotado aos estudos. Como resultado, foi reprovado em Cálculo D e Psicologia Geral Avançada, não sem esperança de que pudesse suprir as expectativas até o final do semestre.

Foi em meados de março que o Homem-Ratazana invadiu seus sonhos mais suaves e transformou-os em pesadelo. Com o passar do tempo, a criatura passou a chegar acompanhada de uma névoa opaca que, ao longo dos dias, se assemelhava mais e mais a uma velha com uma corcunda deveras acentuada. Este detalhe passou a perturbá-lo mais do que o normal, mas concluiu que deveria ser algo que havia encontrado no emaranhado de becos escuros pelos quais caminhara anteriormente, próximo das polias abandonadas. Lembrou-se de que havia sido alvo de um olhar fixo, diabólico e sardônico, quase imotivado, de uma velha sinistra que lhe provocou um frio cortante na espinha, o que só não foi pior do que a ocasião em que, diante de seu olhar penetrante, espreitara uma ratazana avantajada surgir de algum lugar da vizinhança e que, de maneira inexplicavelmente irracional, o fizera lembrar-se do Homem-Ratazana. Gilman refletia sobre os pavores que sentia, agora espelhados em seus sonhos desordenados. Que a casa era dominada por uma força satânica, isso ele não podia negar, mas os traços de seu interesse mórbido não lhe permitiam deixá-la. Pensava que a febre era a única causadora de suas alucinações noturnas e que, quando finalmente cessasse, estaria livre das monstruosas visões. Tais visões eram tão nítidas e convincentes que, ao acordar, tinha sempre a vaga impressão de que havia experimentado muito mais do que sua mente era capaz de lembrar. Tinha uma certeza assustadora de que, durante os sonhos, dos quais não era capaz de se recordar, havia estado com o Homem-Ratazana e com a velha e que ambos urgiam que Gilman os acompanhasse para o encontro com uma terceira criatura de poderes superiores.

Ao final do mês de março, já apresentava melhores resultados em Matemática, apesar de as outras matérias continuarem a preocupá-lo.

Já resolvia quase intuitivamente as equações de Riemann e impressionava o professor Upham com o seu entendimento da quarta dimensão e outras questões que haviam reprovado grande parte da turma. Certa tarde, houve uma discussão excêntrica sobre possíveis curvaturas no espaço, bem como sobre pontos teóricos de aproximação ou contato entre a nossa parte do cosmos e várias outras regiões, tão distantes quanto as estrelas mais longínquas ou as próprias fendas transgaláticas, tão fabulosamente remotas como as unidades cósmicas concebíveis além do contínuo[9] espaço-tempo einsteiniano. Os conhecimentos de Gilman sobre o assunto causavam perplexidade e admiração em todos, mesmo que algumas de suas demonstrações hipotéticas provocassem avolumados cochichos e uma excentricidade não compartilhada. Seus colegas discordavam da sóbria teoria de que um homem, dados seus conhecimentos matemáticos acima da média humana, poderia, sim, transportar-se da Terra para qualquer outro corpo celestial que estivesse em qualquer ponto específico no cosmos.

Essa travessia, dizia ele, necessitaria de apenas dois estágios. O primeiro seria uma passagem na esfera tridimensional como a conhecemos, e o segundo, uma passagem de volta à esfera tridimensional, talvez, de distância infinita. No entanto, considerava-se, em muitos casos, que isso não poderia ser alcançado sem a morte. Supunha-se que qualquer ser de qualquer parte do espaço tridimensional poderia sobreviver na quarta dimensão. No entanto, sua sobrevivência ao segundo estágio dependeria da região tridimensional de retorno escolhida. Os habitantes de muitos planetas, por exemplo, devem ser capazes de viver em tantos outros, até mesmo planetas que pertencem a outras galáxias ou fases dimensionais

---

[9] Do latim, *'continuum'*, refere-se a uma série de elementos dispostos em uma determinada sequência, sucessivamente diferentes uns dos outros. Em 1915, Einstein introduziu a noção da quarta dimensão que une as unidades de medida espaço e tempo e, com base neste e em outros elementos, apresentou a Teoria da Relatividade. (N.T.)

de outros contínuos espaço-tempo, apesar de evidentemente haver um vasto número de corpos ou zonas espaciais mutuamente inabitáveis mesmo que justapostas de acordo com a matemática.

Também seria possível que habitantes de determinado reino dimensional pudessem sobreviver à entrada em muitos outros reinos desconhecidos de dimensões adicionais ou indefinidamente multiplicadas, dentro ou fora do contínuo espaço-tempo, e o inverso seria igualmente verdadeiro. Este era um assunto recheado de polêmica, apesar da ligeira certeza de que o tipo de mutação teria de envolver, de fato, uma passagem de um dado plano dimensional até o próximo plano sem prejuízo da integridade biológica como a compreendemos. Gilman não podia ser muito claro a respeito de suas razões para o desenvolvimento de sua última hipótese; em contrapartida, era capaz de ser claro em outros assuntos complexos, tanto que o Professor Upham gostava muito de sua demonstração sobre a proximidade da matemática com certas crenças fantásticas transmitidas ao longo dos séculos pelos povos antigos, fossem ou não pré-históricos, cujo conhecimento a respeito do cosmos e suas leis eram maiores do que os nossos no presente momento.

Perto da data de 1º de abril, Gilman ainda estava preocupado com a febre que não havia cessado. Também andava bastante apreensivo com o que os colegas de alojamento falavam sobre seu sonambulismo. Parecia sempre estar ausente da cama, e o ranger das tábuas do chão começou a perturbar o colega do alojamento abaixo. Além disso, o mesmo colega reportou ter ouvido o caminhar de sapatos no meio da noite, mas Gilman jurava que seus sapatos e vestimentas estavam intactos pela manhã. Qualquer um poderia sofrer com alucinações naquela casa velha e mórbida, pois o próprio Gilman, mesmo durante o dia, tinha certeza de que os sons, exceto aqueles produzidos pelos ratos arranhando as paredes, vinham dos vácuos detrás das paredes e acima do teto. Seus ouvidos patologicamente sensíveis começaram a buscar passos mais suaves vindos do compartimento acima do sótão. E, vez ou outra, a ilusão de tais sons era de um realismo agonizante.

Contudo, ele sabia que havia se tornado um sonâmbulo, pois seu quarto fora encontrado vago duas noites, embora seus pertences estivessem intocados. Frank Elwood, um colega cujas condições financeiras o obrigaram a morar na casa velha e imunda, assegurou-lhe disso. Elwood estudava bem cedo pela manhã, portanto passava pelo alojamento de Gilman para tirar dúvidas sobre equações diferenciais, sem sucesso. Talvez o garoto tenha agido de maneira presunçosa ao entrar no quarto depois de bater à porta e não obter uma resposta, mas tinha um bom motivo: precisava de ajuda e imaginou que Gilman não recusaria o auxílio. No entanto, em nenhuma ocasião encontrou-o e, quando lhe contou sobre o ocorrido, disse que se perguntava onde Gilman estaria descalço e de pijamas. Ele decidiu investigar o assunto caso recebesse mais relatos sobre seu sonambulismo e chegou a pensar em espalhar farinha pelo chão do corredor para, mais tarde, seguir seus passos. Sua única saída seria porta afora, pois a janela estreita não tinha parapeito.

No final de abril, os ouvidos hipersensíveis de Gilman eram perturbados pelas orações queixosas do supersticioso Joe Mazurewicz, reparador de máquinas de tear, que locava um quarto no andar térreo. Mazurewicz havia contado histórias longas e tortuosas sobre o fantasma da velha Keziah e da criatura bisbilhoteira de dentes pontiagudos e disse que era assombrado de tal forma que apenas seu crucifixo de prata, dado a ele para este exato propósito pelo padre Iwanicki, da Igreja Stanislaus, trazia-lhe algum alívio. Agora, Joe rezava ardentemente, pois o sabá das Bruxas[10] se aproxima. A celebração da véspera de primeiro de maio era chamada de Noite de Walpurgis, em que os espíritos mais

---

[10] Segundo antigas crenças populares, o "sabat das bruxas" ou "sabá das bruxas" era uma reunião de bruxas para a realização de rituais e feitiços. (N.T.)

diabólicos vagavam pela Terra e os soldados de Satã reuniam-se para rituais e feitiços. Sempre foi uma data muito ruim para Arkham, apesar de os moradores das vizinhanças de Miskatonic e Saltontall negarem. Coisas nefastas aconteciam, e uma ou duas crianças geralmente desapareciam. Joe sabia dessas coisas, pois os contos haviam sido transmitidos a ele pela avó, que, por sua vez, ouvira da própria avó. Portanto, era sábio rezar o terço. Durante três meses, Keziah e o Homem-Ratazana não se aproximavam do quarto de Joe, tampouco de Paul Choynski, ou de quarto algum, e esse não era um bom presságio. Eles certamente estariam tramando algo pior.

Gilman foi ao médico no dia dezesseis daquele mês e ficou surpreso ao saber que sua febre não estava tão alta quanto imaginava. O clínico fez muitos questionamentos e recomendou que fosse ao neurologista. Ao refletir, sentiu-se satisfeito por não ter consultado o especialista da faculdade, que era ainda mais inquisitivo. O velho Waldron, o qual bem conhecia por haver restringido suas atividades anteriormente, teria, sem dúvida, prescrito que Gilman repousasse, o que era impossível, já que ele estava mais próximo do que nunca de encontrar os resultados das suas equações, ou seja, cada vez mais próximo da fronteira entre o universo conhecido e a quarta dimensão. Mas e se conseguisse ir adiante em suas descobertas?

À medida que esses pensamentos o acometiam, Gilman não parava de pensar sobre a sua estranha fonte de confiança. Será que o seu senso arriscado de iminência vinha das fórmulas que estudava diariamente? Os passos imaginários e furtivos no compartimento acima do sótão lhe angustiavam. E, agora, além de tudo, sentia a presença de alguém tentando convencê-lo a fazer algo terrível, algo que não deveria fazer. E o sonambulismo? Para onde ia durante a noite? E que sugestão era aquela de sons que se sobrepunham à confusão de outros tantos mesmo durante o dia, quando, sem dúvida, estava consciente? O ritmo não correspondia a algo terreno, talvez lembrasse a cadência de um ou dois ritos de sabá que não deviam ser mencionados, mas temia que fossem reminiscências dos gritos e gargalhadas do abismo de seus sonhos.

Os pesadelos se tornaram atrozes. Na fase inicial, a velha diabólica parecia engenhosamente diferente, mas ele sabia que tinha sido ela que o havia assustado durante suas explorações na periferia. Sua corcunda, o nariz comprido e o queixo proeminente eram inconfundíveis, e as roupas pardas eram familiares. Sua feição denunciava toda a malevolência e exultação, e, assim que acordou, lembrou-se da rouquidão característica que o persuadia e ameaçava. "Ele deve encontrar o Homem das Trevas e caminhar ao trono de Azathoth, no centro do caos do novo tempo." Isso era o que a bruxa dizia. "Ele deve assinar o livro de Azathoth com o próprio sangue e escolher um novo nome agora que sua empreitada independente o levou tão longe." O que protegeu Gilman de ceder à persuasão da velha, do Homem-Ratazana e dos outros até o trono do Caos, em que as flautas ressoam notas agudas, foi o fato de que vira o nome "Azathoth" no livro *Necronomicon* e sabia que este era um demônio primitivo, horripilante demais para ser descrito.

A velha sempre aparecia de súbito junto ao canto onde os ângulos curvados do teto e da parede se encontravam. Parecia cristalizar-se em certo ponto, mais perto do teto do que do chão, e, a cada noite que passava, estava mais e mais próxima e distinta momentos antes de o sonho se dissipar. O Homem-Ratazana também parecia mais próximo no último sonho, e suas presas amareladas reluziam em meio à fosforescência sobrenatural de cor de violeta. Seu riso entre os dentes penetrava a mente de Gilman de tal forma que ele foi capaz de lembrar nitidamente como a criatura havia pronunciado as palavras "Azathoth" e "Nyarlathotep".

Nos sonhos mais profundos, tudo parecia igualmente mudado, Gilman sentia que o abismo do crepúsculo ao redor dele era de fato da quarta dimensão. Aquelas entidades orgânicas cujos movimentos pareciam menos irrelevantes e imotivados deveriam ser projeções de formas de vida de outros planetas, incluindo seres humanos. O que os outros eram em sua própria esfera dimensional, ou esferas, ele não ousava conjecturar. Duas criaturas banais, amontoados enormes de bolhas elípticas e iridescentes, bem como um poliedro muito menor, de cores indefinidas e de ângulos cuja superfície se transformava rapidamente, pareceram notá-lo, seguindo-o ou flutuando ao seu redor assim que ele mudava de posição entre os prismas gigantes, labirintos, aglomerados de planícies, cubos e semiconstruções. Enquanto isso, os gritos e gargalhadas aumentavam mais e mais, como se um clímax monstruoso de intensidade absolutamente insuportável se avizinhasse.

Na madrugada entre 19 e 20 de abril, uma nova transformação ocorreu. Gilman se movia quase involuntariamente no abismo crepuscular envolto por uma massa azulada, tendo ao seu lado o pequeno poliedro que flutuava, quando notou os peculiares ângulos simétricos formados pelas pontas dos gigantes primas que se acercavam. Instantes depois, ele já não estava mais no abismo, mas no topo de uma colina rochosa banhada por uma intensa luz dispersa e esverdeada. Ele estava descalço e vestia seu pijama e, ao tentar caminhar, percebeu que mal conseguia mover os pés. Um vapor em formato de espiral turvava tudo em seu campo de visão, exceto o íngreme terreno em que se encontrava. Assim sendo, encolheu-se ao menor sinal de que os sons perturbadores pudessem voltar a retumbar, agora, por entre o vapor.

Em seguida, viu duas formas rastejar em sua direção: a velha e o Homem-Ratazana. A anciã se agachou de maneira bizarra e cruzou os braços na altura dos joelhos enquanto o Homem-Ratazana apontava em uma certa direção com suas patas antropoides, o que era visivelmente dificultoso para ele. Estimulado por um impulso involuntário, Gilman arrastou-se adiante por um caminho formado pelo ângulo do braço da velha e da pata monstruosa da criatura híbrida e, antes mesmo que conseguisse dar três lentos passos, estava de volta aos abismos crepusculares. Figuras geométricas ebuliam ao seu redor e ele caiu, zonzo e exaurido. Ao acordar, estava em sua cama, no sótão de ângulos atordoantes dentro da casa velha e sobrenatural.

Ele estava imprestável naquela manhã e preferiu ausentar-se das aulas. Uma atração inexplicável puxava seus olhos para uma direção que parecia irrelevante enquanto não conseguia desviar a atenção de um ponto vago no chão. Com o passar das horas, seus olhos distraídos mudaram de foco e, por volta do meio-dia, ele sentia um forte impulso de olhar a esmo. Às duas da tarde, Gilman saiu para o almoço e, conforme caminhava pelas ruas estreitas da cidade, deu-se conta de que não conseguia virar em outra direção que não o sudeste. Com grande esforço, parou na cafeteria da Rua Church e, após a refeição, sentiu-se impelido pela mesma força, agora ainda mais intensa.

Ele teria de se consultar com um neurologista, afinal tudo o que estava experimentando haveria de ter conexão com o sonambulismo, mas, por enquanto, teria de quebrar o feitiço por conta própria. Como ainda era capaz de lutar contra a força que o impulsionava, empenhou-se e caminhou ao Norte pela Rua Garrison. Ao chegar à ponte, sobre Miskatonic, Gilman suava tão frio que se segurou no corrimão de ferro enquanto seus olhos fitavam na direção da ilha maldita, rio acima, cujas linhas de pedras seculares meditavam soturnamente sob o sol do entardecer.

Então, ele disparou. Havia uma figura nítida em movimento naquela ilha sombria, e com certeza tratava-se da velha de aspecto sinistro, aquela que havia conseguido entrar em seus sonhos. Ao lado dela, a grama alta se movia igualmente, como se outro ser acompanhasse seus passos junto ao chão. Assim que começou a virar-se em direção a ele, Gilman pulou pela ponte em um único ímpeto, dentro de um abrigo, em meio aos becos labirínticos das margens da cidade. Apesar da distância em relação à ilha, ele sentia as trevas invencíveis e perversas que emanavam do olhar daquela figura curva, trajada de marrom.

Gilman ainda sentia a força que lhe puxava para o sudeste e, com um esforço hercúleo, conseguiu arrastar-se até a velha casa, onde, finalmente, subiu a débil escada. Permaneceu sentado, em completa inércia, sem rumo ou sem proferir qualquer palavra durante quatro horas. Apenas seus olhos se movimentavam gradualmente para o oeste. Por volta das seis da tarde, seus ouvidos captaram os sons da reza febril de Joe Mazurewicz, dois andares abaixo do seu, e, em desespero, agarrou o chapéu e caminhou em direção às ruas banhadas pela luz do sol, deixando-se levar pela força que o guiava ao sudeste. Uma hora mais tarde, Gilman estava no campo aberto, em meio à escuridão, adiante do Riacho dos Enforcados, acompanhado somente do reluzir das estrelas. O ímpeto de caminhar transformou-se pouco a pouco em um ímpeto de lançar-se no espaço, e, de repente, Gilman compreendeu qual era a fonte de tal impulso.

A fonte era o próprio céu, um ponto específico entre as estrelas que clamava por ele de maneira incessante. Aparentemente, era um ponto em algum lugar entre as constelações Hidra e Argo Navis[11], e ele sabia que aquela era a exata direção que o induzia desde que acordara de seu último sonho, logo após o alvorecer. Durante o dia, permaneciam escondidas, mas agora estavam ligeiramente ao Sul, deslocando-se ao oeste. Qual era o significado desse novo elemento? Estaria ficando louco? Quanto tempo mais perduraria? Pensando em um plano, retornou à casa.

Mazurewicz o esperava à porta, tinha o ar ansioso e relutante, e murmurava superstições. Tinha a ver com a luz da bruxa. Joe havia celebrado o Dia do Patriota em Massachussetts na noite anterior e voltara

---

[11] Em 1930, a União Astronômica Internacional dividiu o céu em 88 constelações. Hidra ou "Hydra" e "Argo Navis" ou Navio dos Argonautas eram duas delas. Normalmente, os nomes das constelações respeitam a tradição grega e permanecem em latim. (N.T.)

à casa após a meia-noite. Ao observá-la, do lado externo, pensou que o quarto de Gilman estivesse escuro, no entanto testemunhou uma luz fraca de cor violeta reluzir pela janela. Ele quis avisar Gilman sobre a luz, já que todos na cidade de Arkham sabiam que aquele havia sido o quarto onde a bruxa Keziah zombeateava ao lado do Homem-Ratazana. Joe nunca havia mencionado isso antes, mas agora era seu dever, pois aquele era um forte indício de que Keziah e a criatura dos dentes afiados estavam de fato o assombrando. Em certas ocasiões, ele, Paul Choynski e o proprietário Dombrowski pensaram ter visto a mesma luz verter pelas brechas do compartimento acima do sótão em que Gilman se hospedava, mas fizeram um pacto de que nunca falariam sobre o assunto. Portanto, diante disso, seria mais seguro que Gilman trocasse de quarto e arranjasse um crucifixo de algum sacerdote, a exemplo do padre Iwanicki.

Enquanto Joe perambulava, Gilman sentiu um nó na garganta que lhe provocou uma sensação de pânico. Sabia que Joe deveria estar embriagado na noite anterior, mas a menção à luz violeta na janela de seu quarto era de relevância assustadora, pois de fato a velha e a criatura peluda eram sempre acompanhadas de uma luz lânguida que tornava os sonhos ainda mais claros e nítidos a cada dia que se passava. Aquela era a luz que precedia o mergulho no abismo profundo, e o simples pensamento de que uma segunda pessoa consciente pudesse ser capaz de ver tal iluminação onirológica estava acima do refúgio da sanidade. Mesmo assim, como o colega teria depreendido uma visão tão realista e bizarra do que se passava no quarto? Será que falava e andava pela casa em seus sonhos também? Não, a resposta de Joe havia sido negativa, porém Gilman sentiu que deveria averiguar melhor. Talvez Frank Elwood pudesse fornecer-lhe mais algumas informações, apesar de detestar interrogar as pessoas.

A febre, os sonhos desordenados, as ilusões sonoras, o impulso celestial e, agora, a suspeita de um sonambulismo insano... Ele deveria parar de estudar e consultar-se com um neurologista, pois era preciso cuidar-se. Quando subiu ao segundo andar, parou à porta de Elwood e percebeu que o jovem não estava lá. Reticente, continuou até o seu quarto, no sótão, e sentou-se em meio à escuridão. Seus olhos ainda giravam ao Sul, e seus ouvidos estavam em busca de sons do compartimento trancafiado acima do sótão. Fantasiava que uma luz diabolicamente violeta seria capaz de alcançar seu quarto por meio de uma brecha infinitésima no teto encurvado.

Naquela noite, assim que adormeceu, a luz violeta incidiu sobre ele com intensidade colossal, enquanto a velha e a criatura peluda se acercaram, como nunca antes, e troçaram dele com grunhidos inumanos e gestos maquiavélicos. Sentia-se aliviado por ter conseguido mergulhar vagamente no abismo crepitante da escuridão, apesar da ameaça e da grande irritação provocadas pelo amontoado de bolhas iridescentes e do diminuto poliedro caleidoscópico. De repente, veio a transição com as planícies convergentes de substância gelatinosa que pairavam acima e abaixo dele. Era uma transição que haveria de terminar com um lampejo de delírio e o brilho de uma luz estranha e desconhecida em que o anil, o amarelo e o carmesim fundiam-se de maneira enlouquecida e inexplicável.

Agora, ele estava parcialmente deitado em um terraço alto, com uma balaustrada quimérica, acima de uma floresta sem fronteiras, de cumes incríveis e desconhecidos. Ficava em meio a planícies niveladas, domas, minaretes, discos horizontais equilibrados em pináculos e um número infindável de formas ainda mais selváticas, feitas de pedras ou metal, cujo belo cintilar vinha do brilho pungente de um céu policromático. Ao olhar para o alto, notou três estupendos discos cobertos de chamas, de tonalidades e alturas distintas, acima de um horizonte curvo e infinitamente distante de montanhas baixas. Atrás dele, colunas de terraços empilhavam-se no ar, até onde conseguia enxergar. A cidade, logo abaixo, estendia-se tão longe quanto a visão podia alcançar, e ele esperava que nenhum som brotasse daquele momento.

O chão do qual Gilman ergueu-se tinha veias provenientes de pedras polidas acima de sua capacidade de identificação, e os pisos eram cortados em ângulos bizarros, mas que não lhe pareciam tão sobrenaturalmente assimétricos. Caso o fossem, sequer poderia dizer que eram ângulos bizarros. A balaustrada, por sua vez, chegava à altura do tórax, era delicada e fantasticamente forjada, enquanto, ao longo do gradil, estendiam-se, em curtos intervalos, figuras de tracejo grotesco, mas derivadas de habilidade primorosa. Elas, como toda a balaustrada, pareciam ser feitas de um tipo de metal lustroso, cujas cores não podiam ser definidas em meio à confusão de brilhos e cuja natureza desafiava qualquer especulação. Eram objetos rugosos, em formato de barril, com braços horizontais finos que irradiavam do anel central para fora e possuíam saliências verticais ou lâmpadas, projetadas nas partes superior e inferior do barril. Cada saliência representava o centro de um sistema de cinco braços longos, planos e triangularmente pontiagudos, dispostos ao redor dela como os braços de uma estrela-do-mar, quase horizontais, mas ligeiramente curvados, que saíam do centro do barril. A base da saliência inferior era fundida ao longo gradil, de toque tão delicado a ponto de várias figuras estarem quebradas e faltando. As figuras tinham pouco mais de dez centímetros de tamanho, e os longos braços espigados tinham aproximadamente cinco centímetros.

Quando se levantou, Gilman sentiu o calor do piso sob seus pés descalços. Estava inteiramente sozinho, e seu primeiro ímpeto foi o de alcançar a balaustrada e lançar um olhar célere para o horizonte da cidade ciclópica, aproximadamente seiscentos metros abaixo do solo. Assim que se ateve aos sons, percebeu que uma confusão rítmica de flautas, ressoando em uma grande faixa tonal, surgiu das ruas estreitas logo abaixo. Gilman desejou saber quem eram os habitantes daquele local. A visão o deixou zonzo após algum tempo e, para que não voltasse a cair ao chão, segurou-se instintivamente ao gradil lustroso. Então, sua mão direita esbarrou em uma das figuras proeminentes, cujo contato pareceu dar-lhe certa estabilidade. No entanto, o golpe havia sido demasiado intenso para a delicadeza exótica daquele adorno em metal, e a figura pontiaguda despedaçou-se sob seu rompante de apanhá-la. Ainda zonzo, continuou a segurá-la à medida que a outra mão encontrava um apoio livre no débil gradil.

Seus ouvidos hipersensíveis, porém, captaram algo que vinha de trás, e olhou naquela direção, através do andar do terraço. Aproximando-se calmamente, embora sem aparência furtiva, estavam cinco figuras, duas das quais eram a velha e a criatura peluda de dentes afiados. As outras eram as três figuras que lhe roubaram a consciência, pois eram entidades vivas de aproximadamente dois metros e meio, de formato idêntico às imagens pontiagudas na balaustrada, as quais se moviam por meio de um mecanismo de propulsão que se assemelhava ao andar de uma aranha, contudo com os membros inferiores de uma estrela do mar.

Gilman acordou em sua cama, tomado por uma transpiração fria e uma sensação de formigamento no rosto, nas mãos e nos pés. Levantou-se rapidamente, lavou o rosto e vestiu-se com pressa, como se precisasse deixar a casa o mais rápido possível. Não sabia para onde ir, mas sabia que as aulas teriam de ser sacrificadas novamente. O impulso estranho provocado pelo ponto no céu entre Hidra e Argo havia cessado, mas outra força ainda mais poderosa o atraía. Sentia, dessa vez, que deveria ir ao Norte, sem rumo específico. Ele temia cruzar a ponte que proporcionava a visão da ilha solitária em Miskatonic, então pegou um atalho pela ponte da Avenida Peabody. No caminho, Gilman tropeçava com frequência, levantava e continuava seu andar incessante, pois seus olhos e ouvidos estavam extremamente absortos no céu azul e límpido.

Uma hora mais tarde, ele já tinha um controle melhor de si mesmo, mas percebeu que estava longe da cidade. Tudo o que o circundava era o vazio tenebroso do pântano salgado enquanto a estrada adiante levava a Innsmouth, a cidade antiga e desértica que a população de Arkham curiosamente repelia. Ainda que a força que o puxava para o Norte não tivesse cessado, Gilman resistiu, como havia resistido antes, e percebeu, então, que podia usá-la para anular a outra. Ao caminhar sem pressa de volta à cidade e comprar um café de uma máquina de bebidas, ele se arrastou à biblioteca pública e bisbilhotou entre as revistas sem saber ao certo o que procurava. Encontrou alguns colegas que zombaram de seu bronzeado peculiar, mas não mencionou nada sobre a sua caminhada. Às três da tarde, almoçou em um restaurante e notou que a força havia abrandado ou então se dividido. Em seguida, foi a um cinema de esquina, onde passou o tempo assistindo a uma vã *performance* consecutivamente sem que de fato prestasse a mínima atenção.

Perto das nove da noite, ele se arrastou à casa. Assim que chegou, pôde ouvir Joe Mazurewicz fazer suas preces lamuriosas e ininteligíveis e, então, dirigiu-se de uma vez ao seu quarto, no sótão, sem mesmo verificar se Elwood havia chegado. Ao acender o frágil lampião elétrico, Gilman levou um grande susto. Havia algo em cima da mesa que não pertencia a ele e, após duas olhadas rápidas para a esquerda, constatou: uma figura exótica e espigada jazia em sua cama, de lado, pois de fato não seria capaz de levantar-se por si só; a mesma que ele havia arrancado da fantástica balaustrada em seu sonho teratológico. Não faltava um detalhe sequer, era a mesma configuração, sem tirar nem pôr. O centro rugoso e em formato de barril, os braços que irradiavam para os lados, com as saliências nas pontas e as extremidades ligeiramente curvadas para fora, semelhantes a uma estrela-do-mar, estavam lá, diante de seus olhos. Sob a luz elétrica, aquele fevereiro parecia irradiar uma luz iridescente que era uma mescla de cinza e verde; então, Gilman pôde notar, com horror e perplexidade, que uma das saliências pontiagudas estava quebrada, o que correspondia ao exato ponto em que havia se apoiado no gradil em seu recente sonho.

    A única coisa que o impediu de soltar um grito de horror foi o estupor atordoado que sentiu naquela hora. A fusão de sonho e realidade era intensa demais para que conseguisse suportar. Ainda azoado, apanhou o objeto espigado, desceu as escadas, cambaleante, e levou-o aos aposentos do proprietário da casa, o senhor Dombrowski. Embora as preces lamuriosas do supersticioso reparador de rocas ainda ecoassem pelos corredores bolorentos, Gilman não se importou. O proprietário estava no recinto e o cumprimentou, hospitaleiro. Não, ele nunca tinha visto aquela coisa antes e nada sabia a respeito dela. No entanto, a esposa do proprietário viu um objeto estranho de metal em uma das camas que havia feito no horário do almoço e talvez fosse aquele objeto. Dombrowski chamou-a, e ela titubeou. Sim, era o objeto que havia visto mais cedo. Ela o havia encontrado na cama do jovem, próximo da parede. Pareceu-lhe um objeto bastante esquisito, mas não seria o único no quarto do rapaz, afinal seu quarto era recheado de peças raras, livros, imagens e rabiscos. Ela certamente não tinha nada a ver com aquilo.

    Gilman subiu as escadas de volta ao quarto, imerso em uma grande confusão mental. Estava convencido de que ainda estava dormindo ou de que seu sonambulismo havia passado dos limites e o levado a depredar lugares desconhecidos. De onde teria apanhado aquele objeto tão extravagante? Não se lembrava de tê-lo visto em nenhum dos museus de Arkham. Haveria de ser de algum lugar. Provavelmente, seus olhos haviam capturado a imagem, e ela reapareceu em seu estranho sonho no terraço com toda a balaustrada. No dia seguinte, ao acordar, precisaria fazer algumas investigações e, então, consultar-se com o neurologista.

    Enquanto isso, tentaria conter o sonambulismo. Assim que subiu as escadas e atravessou o corredor que levava ao sótão, salpicou um punhado de farinha pelo chão, que conseguira para este exato propósito com o proprietário. Ele parou à porta de Elwood, no caminho, e percebeu que o quarto estava todo escuro. Ao entrar no próprio quarto, repousou o objeto pontiagudo sobre a mesa e deitou-se em completa exaustão física e mental, sem sequer trocar-se. Do compartimento fechado, um andar acima do seu, pensou ter ouvido um arranhar acompanhado de um andar vagaroso, mas ele estava exaurido demais para preocupar-se. Além disso, a força críptica que o puxava ao norte começou a ganhar potência novamente, apesar de parecer que vinha, dessa vez, de algum lugar mais baixo no céu.

No sonho, banhado pela ofuscante luz violeta, a velha e a criatura peluda pareciam distintas novamente em relação à ocasião anterior. Dessa vez, de fato, ambas alcançaram Gilman, e ele pôde sentir as garras cadavéricas da megera o agaturrar. Ele foi puxado da cama para o vazio do espaço e, por um momento, ouviu um ronronar rítmico junto da amorfia crepuscular do abismo vago que o abraçava. Contudo, aquele momento fora realmente breve, já que agora estava em um recinto minúsculo, rudimentar e sem janelas, com tábuas e vigas mal-acabadas acima de sua cabeça e um chão curiosamente penso sob os pés. Escoradas ao chão, estavam caixas baixas repletas de livros de diferentes senilidades e graus de desintegração e, bem ao meio, uma mesa e um banco, ambos aparentemente em seus lugares. Pequenos objetos de formato e natureza desconhecidos encontravam-se estendidos nos topos das caixas e, sob a luz violeta fumegante, Gilman pensou ter visto um objeto semelhante àquele pontiagudo que tanto o havia intrigado. À esquerda, o chão se inclinava de maneira abrupta, o que produzia uma fenda escura em formato triangular da qual, após um rápido ruído seco, a criatura peluda surgiu com suas presas amareladas e o rosto barbado como o de um humano.

A velha de riso satânico agarrou-o e, acima da mesa, Gilman pôde observar uma figura que nunca tinha visto antes, um homem alto e esguio de compleição escura como a morte, mas sem nenhuma característica afrodescendente: não tinha cabelos nem barba e vestia um manto disforme de um tecido negro e robusto. Não era possível distinguir o formato de seus pés, pois a cadeira e a mesa os cobriam, e, sempre que mudava de posição, ouvia-se um estalo. Ele não falava e não demonstrava nenhuma expressão em seus traços pequenos e regulares, apenas apontava para um livro de tamanho espantoso que permanecia aberto sobre a mesa enquanto a velha impunha uma pena gigante em sua mão direita. Parecia que uma mortalha de medo intenso pairava sobre tudo, e o clímax foi acentuado quando a criatura peluda escalou as roupas do rapaz sonâmbulo até a altura dos ombros, depois desceu pelo braço esquerdo e finalmente mordeu-o cruelmente no pulso, abaixo do punho. Quando o sangue começou a jorrar, Gilman caiu desmaiado.

 Ele acordou na manhã do vigésimo-segundo dia daquele mês com uma dor intensa no pulso esquerdo e, ao escrutinizá-lo, percebeu que estava manchado de sangue já ressecado. Suas lembranças eram confusas, mas a imagem do homem pútrido como a morte, no local desconhecido, era ainda bastante vívida em sua mente. Imaginou que as ratazanas teriam mordido seu braço enquanto dormia, e essa teria sido a razão que levou ao clímax do sonho pavoroso. Ao abrir a porta, percebeu que a farinha salpicada no chão estava intacta, exceto pelo andar rústico do colega que havia entrado pelo outro lado do sótão. Concluiu que não havia experimentado nenhum episódio de sonambulismo naquela noite, mas alguma medida deveria ser tomada em relação aos ratos. Falou, então, com o proprietário, Dombrowski, o qual tentou novamente bloquear o buraco, na base da parede inclinada, por meio de um calço feito com uma vela que parecia ter o exato diâmetro daquela abertura. Seus ouvidos ressoavam de maneira perturbadora como ecos residuais dos barulhos terríveis que ouvira em seus sonhos.

 Após o banho, trocou de roupas e tentou lembrar-se do sonho após a cena do espaço regado pela luz violeta, mas não chegou a nenhuma conclusão. Ele conjecturava que a cena teria se dado no compartimento trancafiado acima do sótão, que agora perturbava a sua mente de maneira agressiva, mas as últimas impressões eram vagas e turvas. Havia indistintas sugestões de abismos crepusculares, ainda mais vastos e escuros além desses em que se encontrava, abismos em que todas as sugestões fixas não existem. Ele havia sido levado lá pelos aglomerados de bolhas e pelo pequeno poliedro que o perseguia, mas, assim como ele próprio, haviam sido transformados em névoas no vazio ainda mais profundo da então obscuridade. No entanto, algo mais havia passado por sua cabeça: uma névoa ainda maior que ocasionalmente se condensava em formas que se aproximavam dele. Gilman percebeu que sua trajetória não era linear, mas espiralada, e seu vórtice etéreo parecia obedecer a leis ocultas à física e à matemática de qualquer cosmos concebível. Ao final, havia uma alusão a sombras que saltavam de uma vibração monstruosa e semiacústica, bem como do ressoar monótono de flautas que não podiam ser vistas, era tudo o que percebia. Gilman imaginava que teria extraído tal concepção do que havia lido no *Necronomicon* sobre a entidade alógica Azathoth, a qual rege todo o tempo e espaço sentado em seu trono bem no centro do Caos.

Assim que lavou o punho com água, a ferida provou-se pequena, mas Gilman teve dificuldade em localizar as duas perfurações. Percebeu que não havia sangue nas roupas de cama sobre as quais havia dormido, o que era bastante curioso em face da quantidade de sangue pisado sobre sua pele e punho. Teria ele vagado pelo próprio quarto em meio a outro episódio de sonambulismo? Teria sido mordido por um rato enquanto estava sentado sobre a cadeira em alguma posição pouco óbvia? Seus olhos começaram a passear pelos cantos do quarto em busca de vestígios de gotas ou manchas de sangue, mas não foi capaz de encontrar nada. Achou que seria melhor salpicar farinha dentro de seu quarto assim como fizera do lado de fora, embora já tivesse provas suficientes de seu sonambulismo. Ele sabia que vagava durante o sono e precisava colocar um ponto final naquilo, mas precisaria da ajuda de Frank Elwood. Naquela manhã, a estranha força do céu pareceu mais tênue, mas fora substituída por outra sensação ainda mais inexplicável. Era um impulso vago e insistente, como se quisesse voar da situação em que se encontrava; no entanto, não tinha ideia de qual direção o chamava. Ao apanhar o objeto pontiagudo que estava recostado sobre a mesa, logo sentiu a antiga direção norte retumbar dentro de si, mas esta força havia sido sobreposta por outra pungência nova e ainda mais desorientadora.

Ele levou a imagem para o quarto de Elwood, escondendo-se da reza do reparador de rocas que extravasava do quarto, no primeiro andar. Elwood estava lá, felizmente, e apareceu à porta, aparvalhado. Como lhes restava algum tempo para conversarem, um pouco antes de tomarem o café da manhã e saírem para a faculdade, Gilman resolveu contar um pouco sobre seus últimos sonhos e o medo que vinha sentindo há algum tempo. Seu anfitrião pareceu bastante solidário e concordou que algo deveria ser feito. Ele ficou atônito com a aparência extenuada e gasta de Gilman e notou um bronzeado esquisito e irregular no colega, que outros estudantes haviam notado na semana anterior.

Apesar de tudo, pouco poderia dizer. Ele não tinha visto Gilman em nenhuma exploração sonambulística e não tinha ideia do que era aquele objeto curioso. No entanto, tinha entreouvido o franco-canadense, aquele morava no alojamento abaixo de Gilman, conversando com Mazurewicz certa noite. Eles falavam a respeito do pavor da aproximação da Noite de Walpurgis, que aconteceria em poucos dias, e trocavam comentários misericordiosos sobre os pobres jovens que estariam predestinados a ela. Desrochers, o franco-canadense que alugava o quarto abaixo do sótão de Gilman, teria mencionado sobre os passos noturnos que ouvira, com e sem sapatos, e de uma luz violeta que tinha notado durante uma das noites em que decidira vigiar o quarto de Gilman. No entanto, ele sequer chegou a tentar olhar pela fechadura após ter testemunhado a luz estranha romper pelas brechas da porta. À medida que Elwood descrevia a conversa dos dois, passou a sussurrar de maneira inaudível.

Elwood não conseguia imaginar o motivo pelo qual os dois supersticiosos começaram a sussurrar, mas supôs tratar-se das noites em claro que Gilman havia passado caminhando de maneira sonolenta e conversando consigo mesmo, bem como sobre a Véspera de 1.º de maio, que chegaria em breve. O fato de Gilman ser sonâmbulo era uma certeza, e foi obviamente bisbilhotando pela fechadura do jovem que Desrochers havia chegado à ilusão da luz violeta. O povo simples sempre foi rápido em imaginar coisas estranhas sobre as quais apenas teriam ouvido falar. Quanto ao plano de ação de Gilman, ele se mudaria para o quarto de Elwood e evitaria dormir sozinho. Elwood o despertaria se estivesse acordado e lhe incitaria a falar ou a caminhar quando fizesse menção de levantar-se. Em breve, procuraria um especialista. Enquanto isso, levariam o objeto pontiagudo aos museus e aos professores para buscar alguma identificação, alegando que o teriam encontrado em uma lata de lixo. Além disso, Dombrowski deveria providenciar a dedetização da casa e o envenenamento dos ratos.

Protegido pela companhia de Elwood, Gilman foi às aulas naquele dia. Ainda estava embebido em desejos estranhos, mas já era capaz de contorná-los com sucesso considerável. No período entre aulas, mostrou a imagem pontiaguda a diversos professores e, embora todos tenham se interessado bastante, nenhum conseguiu ajudar Gilman quanto à natureza ou origem do objeto. Naquela noite, dormiu no sofá que o proprietário havia deslocado ao segundo andar, a pedido de Elwood, e pela primeira vez em semanas dormiu como um bebê, livre de sonhos perturbadores. No entanto, ele não estava completamente livre daquela influência macabra, tampouco da angustiante ingerência que as doentias orações do reparador de rocas lhe provocava.

    Durante alguns dias, Gilman parecia perfeitamente imune às mórbidas manifestações de outrora. Segundo Elwood, ele não havia feito nenhuma menção a falar ou andar durante o sono. Durante o mesmo período, o proprietário da casa espalhava veneno de rato por todos os cantos no quarto de Gilman. Estrangeiros supersticiosos que chegavam à cidade eram os únicos que conferiam certo alarde àquela atmosfera, com suas imaginações férteis e a aura de agitação. Mazurewicz, havia algum tempo, tentava ajeitar um crucifixo para Gilman e, quando finalmente conseguiu, obrigou-o a carregá-lo, já que ele havia sido benzido pelo padre Iwanicki. Desrochers, por sua vez, insistiu em ter ouvido passos comedidos no quarto vazio de Gilman na primeira e segunda noites em que Gilman passara no quarto de Elwood. Paul Choynski clamava ter ouvido sons pelos corredores durante a noite, além de alegar que teriam tentado entrar pela porta de seu quarto. A senhora Dombrowski jurava por tudo o que era mais sagrado que tinha visto o Homem-Ratazana pela primeira vez desde o feriado de Halloween. No entanto, tantos relatos inocentes e desencontrados pouco preocupavam Gilman e, então, o rapaz decidiu largar o crucifixo de metal barato pendurado de qualquer jeito na maçaneta do quarto de Elwood.

    Durante três dias, Gilman e Elwood vasculharam os museus da cidade em busca de informações a respeito do objeto de estranha agudez. O interesse pela imagem quase extraterrestre avolumava-se a cada estabelecimento que visitavam, pois representava um desafio científico para as mentes curiosas. Assim sendo, como um dos braços estava quebrado, seria possível realizar uma análise química do objeto. A análise foi conduzida pelo professor Ellery, que encontrou não apenas traços de platina, ferro e telúrio na liga, mas pelo menos outros três elementos de peso atômico superior e inclassificáveis de acordo com os preceitos da química. Segundo a análise, não eram apenas incompatíveis com os elementos quimicamente conhecidos, mas sequer poderiam encaixar-se nos campos vagos da tabela periódica. O mistério continua irresoluto até os dias de hoje, embora a imagem agora faça parte do acervo do museu da Universidade Miskatonic.

Na manhã do dia vinte e sete de abril, um buraco de rato apareceu na parede do quarto de Elwood, onde Gilman dormia, mas Dombrowski calçou-o ainda naquele dia. No entanto, o veneno não parecia ser muito potente, pois arranhões e sons apressados ainda podiam ser ouvidos de dentro das paredes.

Naquela noite, Elwood havia saído e Gilman decidiu esperar pelo colega antes de adormecer. Ele temia dormir sozinho. Mais cedo, a velha repulsiva havia aparecido em um piscar desacautelado de olhos, e sua imagem se transferiu horrivelmente para os seus sonhos. Ele quis desvendar quem ela era e o que era aquilo que chacoalhava junto de seu corpo, aquela coisa dentro de uma lata de metal jogada em uma pilha de lixo, em um pátio imundo. Mas, nesse momento, a velha pareceu ter notado Gilman, e então, fixou seu olhar maligno sobre ele. Gilman começou a questionar se aquilo tudo era fruto de sua própria imaginação.

No dia seguinte, os dois jovens sentiam-se muito cansados e sabiam que dormiriam feito pedra até o começo da noite. Quando a noite chegou, discutiram sonolentamente sobre alguns conceitos matemáticos que poderiam ter provocado o desarranjo que Gilman experimentava e especularam sobre uma possível ligação entre magia antiga e crenças populares, hipóteses que pareciam bastante plausíveis, dadas as circunstâncias. Eles falaram sobre a velha Keziah Mason, e Elwood concordou que Gilman tinha um bom embasamento científico para concluir que a anciã teria encontrado informações tão excêntricas quanto significativas em sua época. As bruxas pertenciam à seitas ocultas que guardavam e passavam adiante segredos de eras ainda mais antigas, e não seria impossível que Keziah tivesse controlado a arte de viajar entre portais dimensionais. Já há muito tempo a tradição enfatiza a inutilidade das barreiras materiais para impedir os feitiços de uma bruxa. Quem poderia saber o que havia por trás dos contos ancestrais sobre bruxas que viajavam em vassouras durante a noite?

Seria inédito que um estudante da era moderna pudesse dominar os mesmos poderes de uma bruxa por meio dos estudos da matemática. O sucesso, Gilman dizia, pode levar a situações tão perigosas quanto inimagináveis, pois quem conseguiria predizer as condições de penetrabilidade em uma dimensão adjacente, mas naturalmente inacessível? Em contrapartida, as possibilidades eram tão grandes quanto pitorescas. O tempo não seria capaz de resistir a certos cinturões do espaço ao entrar e permanecer em tal cinturão. Seria possível, portanto, preservar a própria vida e idade por um período indefinido sem sofrer com o metabolismo orgânico ou a deterioração característicos desta dimensão, com exceção à ligeira exposição ao tempo durante eventuais visitas a esta ou outras dimensões. Seria possível, neste caso, passar por uma dimensão atemporal e emergir em um período remoto da história do planeta com a mesma idade de antes.

Se alguém já teria conseguido tal proeza, ninguém poderia ao certo afirmar. Lendas passadas são etéreas e ambíguas. Além disso, na antiguidade, todas as tentativas de cruzar portais proibidos pareceram prejudicadas por alianças macabras e horrendas feitas com mensageiros do além. Sempre havia a figura do mensageiro de poderes ocultos, o "Homem das Trevas" do culto às bruxas, por exemplo, e "Nyarlathotep" de *Necronomicon*. Havia, também, uma confusão com os mensageiros inferiores, os quase-animais ou seres híbridos, que as lendas descrevem como companhias, ou familiares, das bruxas. Gilman e Elwood se retiraram, exaustos demais para continuar a discussão, então estremeceram ao ouvir Joe Mazurewicz entrar na casa parcialmente embriagado e cantando salmos, tomado por completo desespero.

Naquela noite, Gilman testemunhou a luz violácea mais uma vez. No sonho, ouviu o arranhar e roer nas divisões entre as paredes e pensou que alguém poderia ter mexido na fechadura erroneamente. De repente, viu a velha e a criatura peluda se aproximar sobre o chão acarpetado. A cara da anciã estava iluminada, com uma expressão terrível de exultação, e o ser mórbido de presas amareladas ria-se com escárnio do sono pesado de Elwood, no sofá, do outro lado do quarto. A paralisia provocada pelo medo impediu que Gilman gritasse. E, como fizera antes, a bruxa velha agarrou-o pelos ombros, arrancou-o da cama, e Gilman penetrou no espaço. Novamente, o abismo infinito lampejou diante de seus olhos e, um segundo mais tarde, pensou que estivesse de volta ao beco escuro, lamacento e desconhecido, cujo odor pestilento vinha das paredes das antigas casas que se amontoavam umas sobre as outras.

À sua frente, estava o homem vestido com uma túnica negra, o mesmo que vira no outro sonho, sobre um cume. A uma distância um pouco menor, a velha fazia caretas e gesticulava para que Gilman se aproximasse dela. O Homem-Ratazana se esfregava na altura do tornozelo do Homem das Trevas, num afeto jocoso. O local parecia estar quase inteiramente coberto por uma espécie de lama escurecida e havia uma grande passagem obscura à direita, para a qual o Homem das Trevas agora apontava, sem proferir qualquer palavra. A velha foi a primeira a dirigir-se a ela, arrastando Gilman consigo pelas mangas do pijama. Havia lances de escada que, a cada passo dado, rangiam em advertência, sobre as quais a velha parecia irradiar a conhecida luz opaca e violácea. Ao final, via-se outra porta, desembocando em um terreno. De repente, os ouvidos hipersensíveis do jovem capturaram um grito reprimido de horror, e então a bruxa voltou ao quarto carregando algo pequeno e desacordado, lançando-o na direção de Gilman, para que ele o apanhasse. O feitiço foi quebrado assim que Gilman olhou para aquela forma e notou a expressão em sua face. Atordoado demais para conseguir gritar, ele se lançou escadas abaixo e lama adentro e somente parou quando notou novamente o Homem das Trevas. Ao esvair de sua consciência, pôde ouvir os risos assustadores da aberração coberta de pelos e em forma de rato.

Na manhã do dia 29, Gilman acordou em meio a um turbilhão de pavor. No momento em que abriu os olhos, percebeu que havia algo terrivelmente errado: estava de volta ao seu quarto, no sótão, diante da inclinação do teto e da parede, esparramado na cama desfeita. Sentia uma dor inexplicável na garganta e, assim que fez menção de sentar-se, notou, horrorizado, que seus pés e pijama estavam cobertos de um barro escurecido. Lembrar-se de qualquer coisa era uma tarefa árdua, mas tinha a clara noção de que havia sofrido outro episódio de sonambulismo. Elwood, que dormia tal e qual uma pedra, não poderia ouvi-lo ou detê-lo. No chão, via pegadas lamacentas e desordenadas, contudo elas inusitadamente não se estendiam até a porta. Na realidade, quanto mais Gilman olhava para elas, mais peculiares lhe pareciam. Além disso, observou que, além das suas pegadas, havia outras marcas arredondadas e menores no chão que se assemelhavam com o formato dos pés de uma cadeira ou mesa, embora a maioria delas fosse bisseccionada. Também percebeu um rastro curioso, feito talvez por ratos que teriam saído e voltado a um buraco aberto recentemente na parede. No entanto, quando abriu a porta e viu que não havia pegadas lamacentas no exterior, a sensação de medo e angústia tomaram conta do rapaz. Estaria enlouquecendo? O pavor crescia dentro dele à medida que recobrava as lembranças do sonho que tivera, as quais se intensificaram ao ouvir os cânticos pesarosos de Mazurewicz, dois níveis abaixo dele.

Ao descer para o quarto de Elwood, despertou o colega e lhe transmitiu aquele relato, mas Elwood não tinha noção do que poderia ter ocorrido. Novos mistérios inexplicáveis rondavam seus pensamentos. Onde estivera? Como teria retornado ao quarto sem deixar passos no corredor? Como as pegadas lamacentas de possíveis cadeiras ou mesas apareceram em meio às suas dentro de seu quarto? Em seguida, notou marcas de estrangulamento em seu pescoço, ainda frescas, porém ligeiramente escurecidas. Colocou as mãos sobre elas e logo percebeu que as digitais não eram suas. Enquanto os rapazes conversavam, Desrochers apareceu de súbito para dizer que, durante a noite, ouvira risos aterrorizantes do alojamento acima. Embora não tivesse visto ninguém nos corredores após a meia-noite, poucos minutos antes de o relógio marcar zero horas Desrochers escutou passos indistintos no sótão, e, mais tarde, os mesmos passos desceram as escadas, o que o intrigou. Acrescentou ainda que aquele era um período complicado do ano para a cidade de Arkham e que Gilman deveria carregar consigo o crucifixo dado a ele pelo senhor Mazurewicz. Não só as noites eram perigosas na casa, mas o raiar do dia também havia se tornado uma ameaça, pois sons macabros tinham sido reportados em plena luz do sol. Era um lamento, fino como o de uma criança, abafado abruptamente.

Gilman compareceu às aulas naquele dia de maneira quase mecânica, mas não foi capaz de concentrar-se nos estudos. Um ar de tensão e iminência o rondava, e o rapaz parecia aguardar o arrebate final a qualquer momento. Ao meio-dia, almoçou na Universidade e, enquanto esperava a sobremesa, começou a ler o jornal do dia, que encontrou repousado sobre um assento próximo do seu. Porém, Gilman sequer experimentou a sobremesa. Antes disso, ao passar os olhos sobre algo no jornal, suas pernas enfraqueceram, e sua visão se rebelou. Tudo que conseguiu fazer foi pagar a conta com dificuldade e arrastar-se de volta ao quarto de Elwood.

Os jornais reportaram que na noite anterior, no Beco dos Orne, uma criança de dois anos de idade, nascida de uma simplória lavadeira chamada Anastasia Wolejko, havia desaparecido. Já há algum tempo, a mãe da criança temia que aquilo pudesse acontecer, no entanto a razão de tal temor era tão grotesca que ninguém de fato a levou a sério. Segundo ela, o Homem-Ratazana teria aparecido no local algumas vezes desde meados de março e, pelas caretas e risos da criatura, temia que o pequeno Ladislas pudesse ser alvo de algum sacrifício durante o horrendo sabá, da Noite de Walpurgis. Ela havia pedido que a vizinha, Mary Czanek, dormisse no quarto para proteger a criança, mas ela se recusou. Anastasia não podia contar a história à polícia, pois eles nunca acreditariam nela, mas sabia, desde que se conhecia por gente, que outras crianças haviam sumido da mesma maneira em anos anteriores. Para piorar a situação, o amigo Pete Stowacki não o quis ajudar, pois não queria envolver a criança.

Todavia, o que de fato fez Gilman suar frio foi o relato de alguns boêmios que passaram pelo beco logo após a meia-noite. Eles admitiram que estavam embriagados, mas juraram ter visto três pessoas vestidas excentricamente na passagem em meio à escuridão. Segundo eles, havia um negro alto vestido com uma túnica, uma senhora em farrapos, e um jovem de pijama. A anciã parecia arrastar o jovem enquanto, ao redor dos pés do rapaz negro, um rato adestrado parecia esfregar-se e serpentear, coberto de lama.

Gilman permaneceu sentado em completo atordoamento durante toda a tarde. Elwood, que lera os jornais e formulara hipóteses terríveis em sua mente, encontrou Gilman apenas quando retornou à casa. Dessa vez, nenhum deles podia duvidar de que algo de séria gravidade se acercava. Entre os fantasmas noturnos e a realidade do mundo objetivo, havia uma relação monstruosa e inimaginável que se aclarava a cada dia, e apenas uma vigilância impecável evitaria que outros eventos pavorosos sucedessem. Gilman teria de se consultar com um médico mais cedo ou mais tarde, mas não neste momento em que todos os jornais reportavam o sequestro da criança.

No entanto, o que havia acontecido com o infante ainda parecia bastante obscuro, e, por um momento, Gilman e Elwood sussurraram teorias das mais horrendas. Teria Gilman triunfado em seus estudos do espaço e suas dimensões? Teria conseguido escapar da nossa esfera para lugares jamais concebidos ou imaginados? Onde estaria nas noites de devaneio diabólico? O que significavam o abismo perturbador, a colina esverdeada, o terraço escaldante, os repuxes das estrelas, o recente vórtice obscuro? Quem era o Homem das Trevas? Qual era o significado por trás do beco lamacento e das escadas? Qual a relação entre a velha bruxa e a criatura peluda? O que significavam o aglomerado de bolhas e o pequeno poliedro? O que representavam a ferida no pulso, a figura enigmática e pontiaguda, os pés cheios de lama, as marcas de enforcamento? Esses elementos teriam relação com os contos e temores dos estrangeiros supersticiosos? Até onde as leis da sanidade regiam este caso?

Nenhum dos dois conseguiu dormir naquela noite e, como resultado, perderam o horário das aulas. A temida véspera de 1º de maio havia chegado, e, com o cair da noite, o sabá demoníaco, que afligia os estrangeiros e os supersticiosos, iniciaria-se. Mazurewicz retornou à casa às seis da tarde dizendo que não se falava em outra coisa nas proximidades do moinho. Por lá, circulava a informação de que os festejos de Walpurgis aconteceriam na escuridão da ravina, além da Colina Meadow, onde a antiga rocha branca jazia, em um local estranhamente desprovido de qualquer natureza. Alguns deles haviam inclusive avisado a polícia de que o garoto Ladislas Wolejko poderia ser encontrado lá, mas não acreditavam que algo seria feito. Enquanto isso, Joe insistia que Gilman usasse seu crucifixo de níquel, e então, em uma tentativa de acalmar o colega, o rapaz pendurou-o no pescoço, escondendo a imagem dentro do bolso lateral da camisa.

Durante a noite, os rapazes permaneceram sentados em suas cadeiras, sonolentos, embalados pelas rezas de Joe no andar abaixo. Enquanto movimentava a cabeça, Gilman tentava capturar, com sua audição aguçada, qualquer ruído ou murmúrio sorrateiro externo aos sons da casa. Lembranças nefastas dos livros *Necronomicon* e do *Livro oculto* cruzavam sua mente. Quando se deu conta, estava balouçando na cadeira em um ritmo inenarrável que certamente pertencia às cerimônias ocultas do sabá, com origem em um tempo e espaço que as leis do nosso planeta jamais poderiam explicar.

Nesse momento, notou que o que o embalava eram os cânticos diabólicos dos anfitriões do sabá, além do distante vale da escuridão. Como sabia o que estava prestes a acontecer? Como sabia que Nahab e seu discípulo trariam a malga transbordante após o sacrifício do galo e do bode, negros como a noite? Percebeu, então, que Elwood havia adormecido e tentou acordá-lo, mas havia algo bloqueando sua garganta. Ele não tinha controle sob si mesmo. Teria, por fim, assinado o livro do Homem das Trevas?

De repente, seus ouvidos captaram o ressoar dos ventos uivantes. Eles vinham de quilômetros de distância, de colinas, campos e becos, mas Gilman reconhecia cada um. A hora havia chegado... as fogueiras tinham de ser acesas, e as danças deveriam começar em breve. Mas como conseguiria manter-se longe de tudo aquilo? O que o envolvia? A matemática, as crenças populares, a casa, a velha Keziah, o Homem-Ratazana... além disso, acabara de notar um novo buraco de rato ao lado do sofá em que dormia. Acima dos sons dos cânticos e das preces fervorosas de Joe Mazurewicz, Gilman ouvia outro barulho: um arranhar determinado atrás das paredes. Ele só esperava que as luzes não se apagassem. Em seguida, viu a criatura peluda de dentes afiados aparecer pelo buraco de rato. Gilman chocou-se com a semelhança da pequena aberração com a velha Keziah e, em seguida, ouviu um barulho na fechadura da porta. O abismo crepuscular, repleto de gritos de horror, lampejou diante do rapaz, e ele se viu novamente desamparado diante dos aglomerados de bolhas iridescentes e sem formas definidas. À frente, o poliedro caleidoscópico flutuava rapidamente e, em meio ao turbulento vazio, havia uma elevação e aceleração do padrão tonal vago que parecia prenunciar um clímax inexprimível, insuportável. Gilman sabia o que estava por vir: a explosão do ritmo de Walpurgis, cujo timbre cósmico concentrava todas as inquietações do espaço-tempo primitivo que jaziam atrás das esferas sólidas e, por vezes, reverberavam entre as camadas de todas as entidades ou seres, conferindo uma aura terrível aos mundos em determinadas épocas sombrias.

Entretanto, tudo desapareceu em um piscar de olhos, e Gilman apareceu, novamente, em meio à luz violeta, no local atulhado de caixas e livros antigos, onde o chão produzia um ângulo peculiar. O banco e a mesa, como outrora, continuavam lá, bem como todos os objetos estranhos que já vira e a fenda triangular em um dos cantos do compartimento. Sobre a mesa, estava um garoto pequeno e pálido, despido e inconsciente. Do outro lado, a velha monstruosa o fitava com um olhar maligno enquanto empunhava grotescamente uma faca de metal lustroso na mão direita. Ao lado, via-se uma malga de metal esbranquiçado de proporções estranhas, com símbolos entalhados e delicadas alças laterais à esquerda. Ela entoava um rito gutural em uma língua que Gilman não compreendia, mas que se assemelhava a algo que teria lido em *Necronomicon*.

Conforme ganhou consciência a respeito do que estava acontecendo, notou que a velha se curvou e dispôs a malga sobre a mesa. Incapaz de controlar as próprias emoções, Gilman esticou-se e apanhou o objeto de brilho intenso. Nesse instante, o asqueroso Homem-Ratazana disparou em direção à escuridão da fenda triangular, à sua esquerda. Então, a velha posicionou Gilman e a malga, como se os preparasse para algo, elevando a faca, robusta e grotesca, o mais alto que pôde, em direção à pequena e esquálida vítima. A criatura peluda de riso repulsivo começou a entoar um rito, procedido pela velha e sua voz cavernosa. Gilman sentiu uma aversão tão pungente que o despertou da paralisia mental e física. Nesse exato momento, a malga de metal oscilou nas mãos do rapaz e, um segundo mais tarde, o movimento decrescente da faca empunhada pela velha quebrou o feitiço e a malga caiu ao chão, ressoando de maneira estridente. Diante daquela cena, Gilman disparou para impedir a ação da bruxa.

Em um instante, Gilman alcançou a beira da mesa e, com um movimento de torsão, retirou a faca das mãos da bruxa. Em um piscar de olhos, lançou-a na direção da estreita fenda triangular sibilantemente. Um segundo mais tarde, o alvo se transmutou, e Gilman sentiu as garras da velha pressionar sua garganta enquanto sua compleição enrugada parecia possuída por uma fúria descomunal. De repente, ele sentiu o frio metálico da corrente que carregava ferir seu pescoço e, diante daquela ameaça, questionou qual seria o efeito da cruz, presa à corrente, sobre a criatura diabólica. Sua força era sobre-humana e, enquanto estava ávida em seu intento de estrangular Gilman, o rapaz, já bastante enfraquecido, alcançou o crucifixo repousado dentro do bolso de sua camisa, desmembrou ambos e, então, empunhou-o nas mãos.

Diante daquela imagem, a velha foi tomada por um pânico colossal e nítido. Suas mãos desfrouxaram do pescoço de Gilman no mesmo instante, facilitando sua libertação. No entanto, apesar de ter arrancado as garras metálicas de seu pescoço e planejado, em seguida, lançar a velha na direção da fenda triangular, a força da anciã tornou-se latente outra vez e suas garras se entrelaçaram novamente no pescoço de Gilman, com ainda mais potência. Desta vez, Gilman resolveu retribuir o estrangulamento, envolvendo as próprias mãos ao redor da garganta da velha e, sem que ela pudesse notar qualquer coisa, enrolou a corrente desmembrada do crucifixo ao redor de sua garganta diabólica com toda a força que lhe cabia. Um minuto mais tarde, percebeu que fora exitoso em impedir a respiração da criatura senil. Mas, enquanto o fazia, sentiu uma mordida na região do tornozelo. Era o Homem-Ratazana, que reaparecera em socorro da bruxa. Com um único chute impetuoso, Gilman propeliu a criatura para dentro da fenda obscura, ouvindo seu gemido lamurioso que pareceu ter ecoado a uma distância bastante grande.

Gilman não sabia se havia conseguido matar a bruxa, e então manteve-a intocada sobre o chão, exatamente onde havia caído. Ao olhar em

direção à mesa, desacreditou do que seus olhos viram. O Homem-
-Ratazana, ágil e com uma destreza demoníaca nas diminutas mãos,
estivera bastante ocupado enquanto a bruxa tentava estrangular Gilman.
Embora tivesse empregado todos os esforços para impedir que a velha
machucasse a pequena vítima indefesa, a criatura asquerosa e peluda
havia lacerado o pulso da criança, que agora jazia sem vida no chão, ao
lado da malga transbordante de sangue.

Em seus sonhos delirantes, Gilman ouvia os cânticos rítmicos do
sabá entoados de uma distância infinita. Sabia que o Homem das Trevas
estava lá. Em sua mente, lembranças confusas se misturavam à matemática e começava a acreditar que seu subconsciente armazenava os
ângulos necessários para guiá-lo de volta ao mundo real, porém, dessa
vez, sozinho e sem a ajuda de ninguém. Nesse instante, teve certeza de
que estava no compartimento acima do sótão, trancafiado há incontáveis anos, mas não sabia se conseguiria escapar pelo ângulo de inclinação
do chão ou por outra saída qualquer. Outra coisa que passava pelos seus
pensamentos: ao escapar de um sonho que se passava em um compartimento semelhante a um sótão, não desembocaria em outro dentro de
uma casa, como uma projeção do local real em que estivesse? Ele estava
apavorado pela relação entre sonho e realidade.

A passagem pelo abismo vazio era ainda mais horripilante, pois
os ritmos de Walpurgis reverberavam ali e ele seria obrigado a ouvir
o pulso cósmico e velado que tanto temia. Antes mesmo de adentrar o
abismo, já conseguia sentir a vibração monstruosa cujo andamento
parecia perfeito. Durante o sabá, esse ritmo era crescente e alcançava
outros mundos como forma de convocação de entidades. A metade dos
cânticos de sabá tinha um pulsar característico, mas ligeiramente enfraquecido, que vinha do além. Tais sons eram inconcebíveis ao ouvido
humano, dada sua magnitude espacialmente oculta. Gilman também se
questionava se poderia seguir seus instintos ao buscar o ponto exato de
retorno no espaço. Como saber se não aterrissaria na colina banhada

pela luz verde, em um planeta longínquo, ou no terraço com vista para a cidade das bestas, em algum lugar além da galáxia, ou então, no vórtice escuro e espiralado do vazio do Caos em que Azathoth, o sultão diabólico e sem mente, reina?

Antes mesmo de fazer a travessia, a luz violácea se esvaiu, deixando-o em meio à escuridão total. A bruxa, a velha Keziah, Nahab, tudo significava a sua morte. Misturado ao cântico distante do sabá e das lamúrias do Homem-Ratazana, teve a impressão de ouvir outro grito de lamentação das profundezas ocultas. Joe Mazurewicz, cujas rezas contra o Caos Rastejante agora pareciam gritos de inexplicável apoteose, como se mundos de realidades sardônicas colidissem com os vórtices de um sonho febril: *Iä! Shub-Niggurath!* O Bode com mil...

Antes do amanhecer, Gilman foi encontrado estirado no chão diante do ângulo formado no sótão. Seu grito trouxe, de uma única vez, Desrochers, Choynski, Dombrowski e Mazurewicz, além de ter acordado Elwood, que ressonava de forma estridente sentado à cadeira. Gilman estava vivo e, apesar dos olhos estatelados, parecia inconsciente. Em seu pescoço havia vestígios de estrangulamento, e em seu tornozelo esquerdo, uma terrível mordida de rato. Tinha a roupa em frangalhos, e o crucifixo de Joe havia sumido. Elwood tremia de pensar sobre a evolução do sonambulismo de Gilman. Mazurewicz estava atordoado, pois disse ter recebido uma mensagem durante suas rezas e começou a fazer o sinal da santidade assim que ouviu o som dos grunhidos e gemidos de um rato atrás da parede.

Quando Gilman, ainda inconsciente, foi colocado no sofá, no quarto de Elwood, chamaram o Dr. Malkowski, um cético clínico da cidade, o qual deu duas injeções hipodérmicas em Gilman. O rapaz relaxou em um sono que pareceu natural. Ao longo do dia que se sucedeu, o paciente recobrou a consciência em alguns momentos e em outros não cessou de repetir seus sonhos incoerentes para seu interlocutor, Elwood. Foi um processo doloroso, mas forneceu um fato novo e desconcertante.

Gilman, cujos ouvidos apresentavam uma recente hipersensibilidade anormal, estava completamente surdo. O Dr. Malkowski convocou o amigo às pressas, pois ambos os tímpanos haviam sido perfurados pelo que pareceu um impacto de assombrosa intensidade, além da concepção ou tolerabilidade humana. Como a intensidade daquele som poderia ter sido ouvido nas últimas horas sem acordar o Vale Miskatonic inteiro era a grande questão que o clínico não conseguia explicar.

Em um pedaço de papel, Elwood descreveu o que ocorrera, para que ambos pudessem manter algum tipo de comunicação. Nenhum dos dois sabia ao certo o que fazer em relação ao caos que se instalara, e decidiram que seria melhor pararem de pensar sobre o assunto. Ambos sabiam que a saída seria deixar a casa amaldiçoada tão logo pudessem. Além disso, os jornais reportaram que, na noite anterior, a polícia havia feito uma batida policial atrás de farristas em uma ravina, além da Colina Meadow, antes do amanhecer. Também mencionaram que a rocha branca, naquela região, era motivo de grande superstição desde a antiguidade. Nenhum farrista fora abordado; no entanto, entre os fugitivos, conseguiram identificar um homem negro e robusto. Em outra coluna do jornal, diziam não ter encontrado nenhuma pista do paradeiro da criança, Ladislas Wolejko.

Contudo, o pior viria naquela noite. Elwood nunca esquecerá, foi inclusive forçado a se afastar da faculdade durante aquele semestre em razão do colapso nervoso que sofreu. O rapaz pensou ter ouvido ratos atrás da parede do quarto, mas não deu muita atenção. Um tempo depois de ambos se recolherem para dormir, começou a ouvir grunhidos aterrorizantes. Levantou-se da cama, acendeu as luzes e correu para o sofá de Gilman, que parecia tomado por uma tormenta sem descrição, produzindo sons de natureza inumana. Elwood correu para a cama e encolheu-se embaixo dos lençóis, mas, de repente, notou que manchas começaram a aparecer nos cobertores.

Não ousou tocar em Gilman, e aos poucos os gritos e lamúrias do colega cederam. No entanto, a essa altura, Dombrowski, Choynski, Desrochers, Mazurewicz e o locatário do último andar já estavam a meio caminho do quarto de Elwood. Enquanto isso, o proprietário da casa pediu que a esposa telefonasse urgentemente para o doutor Malkowski. Reunidos no quarto de Elwood, todos gritaram assustados quando uma figura que parecia um rato pulou por entre as roupas de cama ensanguentadas e correu para dentro de um buraco novo na parede. Quando o médico chegou e começou a levantar os lençóis que cobriam Gilman, constatou: o rapaz estava morto.

Seria cruel especular o que teria ocorrido com Gilman; restava apenas uma certeza: um túnel havia sido cavado em seu corpo e, através dele, seu coração havia sido extirpado. Dombrowski sentia-se devastado por todos os esforços dispensados em vão para aniquilar os ratos da casa. Deixou de lado todo o investimento que fizera no lugar e mudou-se, acompanhado de seus locatários, para outra propriedade, menos envelhecida, na Rua Walnut. O mais difícil era manter Joe Mazurewicz calado. Ele já não conseguia manter-se sóbrio, apenas chorava e resmungava pelos cantos. Somente falava sobre fantasmas e outras coisas assustadoras.

Havia rumores de que, na noite fatídica, Joe havia subido ao andar de Elwood para verificar as pegadas de ratos, cor de carmim, que percorriam o caminho todo entre o sofá de Gilman e o buraco feito pelos roedores. Sobre o tapete, as pegadas quase não podiam ser reconhecidas, mas havia um trecho em que se podia ver o chão de madeira, entre o final do tapete e do rodapé. Nesta exata região, Mazurewicz encontrou algo monstruoso, ou pelo menos assim julgou aquelas pegadas no chão. Seus colegas, no entanto, discordaram quanto à natureza daqueles rastros, por mais estranhas que parecessem. As marcas no chão eram bastante diferentes de pegadas de ratos, tal e qual as conhecemos, mas

Choynski e Desrochers não admitiam que elas se assemelhavam a quatro minúsculas mãos humanas no lugar de patas.

    A casa nunca mais foi alugada. Assim que Dombrowski deixou-a, uma aura de melancolia finalmente tomou conta do ambiente. Os transeuntes se esquivavam não só devido à terrível reputação, mas também ao odor fétido. Talvez os venenos de ratos espalhados teriam sido finalmente eficazes, já que, não muito tempo depois da mudança da trupe de Dombrowski, a propriedade abandonada tornou-se um estorvo para a vizinhança. Agentes de saúde seguiram os rastros da pestilência até os cômodos fechados, inclusive no compartimento junto ao sótão, e concluíram que havia uma quantidade avassaladora de ratos mortos. No entanto, não julgaram necessário reabrir o local e limpar os cômodos fechados há tanto tempo. Clamavam que o fedor se dissiparia cedo ou tarde e que aquilo não atrapalharia o já desprovido padrão da região. Ainda assim, rumores sempre circularam a respeito do inegável fedor exalado do andar de cima da famosa Casa da Bruxa após as celebrações de Walpurgis e do Halloween. Na imersão da inércia, a catinga passou a representar apenas mais uma desvantagem daquela região. Ao final, o inspetor predial condenou a propriedade.

    Todavia, os sonhos de Gilman e as circunstâncias em que morreu nunca foram explicadas. Elwood, cujos pensamentos acerca da fatalidade do colega beiravam a loucura, voltou à faculdade no outono do ano seguinte e graduou-se ao final de junho. Julgou que os rumores sobre os fantasmas da cidade haviam diminuído, o que era um fato, exceto alguns relatos sobre um fantasma que rondava a casa e que perdurou pelo tempo em que o edifício existiu. A velha Keziah não fora vista, tampouco o Homem-Ratazana, desde a morte de Gilman. Elwood teve sorte de ter se mudado de Arkham no ano seguinte, quando certos eventos geraram burburinhos sobre os terrores do local. Certamente ouvira sobre o assunto mais tarde e, como resultado, sofreu com os incontáveis tormentos a respeito de uma força oculta e desnorteadora, mas tais perturbações não chegavam perto do horror da realidade.

Em março de 1931, uma ventania danificou o telhado e a chaminé da casa ainda desocupada e instalou um caos de tijolos despedaçados, musgos escurecidos, tábuas e madeiras apodrecidas que destruíram tudo no caminho e foram parar no andar térreo. O sótão estava todo devastado com escombros; ainda assim, ninguém se importou em desfazer a bagunça antes da demolição inevitável da estrutura. No dezembro seguinte, operários relutantes e apreensivos adentraram o velho quarto de Gilman e, além de promoverem uma limpeza no espaço, espalharam em seguida alguns boatos pela cidade.

Em meio ao lixo que havia despencado do compartimento acima do sótão, outras coisas tinham feito com que os operários pausassem seu trabalho e chamassem a polícia. Mais tarde, ainda naquele dia, a polícia trouxe consigo o legista da região e alguns professores da universidade. Havia pilhas de ossos fraturados e esfacelados, indubitavelmente humanos, e que pareciam frescos, ao contrário do local antiquíssimo em que estavam armazenados: o compartimento acima do sótão, cujo teto tinha uma inclinação peculiar e que havia sido hermeticamente vedado de qualquer acesso humano. O legista da cidade afirmou que alguns dos ossos pertenciam a uma criança pequena, os outros estavam envoltos em um pano de cor marrom e pertenciam a um indivíduo do sexo feminino, de estatura baixa, com uma corcunda, e de idade avançada. Ao remexerem nos escombros, encontraram muitos ossos de roedores pequenos e de outros ratos um pouco mais avantajados, os quais teriam sido roídos por presas diminutas e de maneira tão ferrenha que causara controvérsia e reflexão geral.

Dentre os objetos encontrados estavam fragmentos de livros e papéis destroçados, e, ao vasculhar entre eles, um pó de tonalidade amarelada proveniente da desintegração de papéis e livros ainda mais velhos subia e se dissipava no ar. Ao que parecia, aqueles objetos eram utilizados em magia negra avançada e revelavam grande morbidez. Aparentemente, a data recente de alguns itens permaneceu um mistério tão oculto quanto o viço da ossada humana. Outro mistério ainda mais intrigante era a homogeneidade das letras garranchadas e arcaicas em uma infinidade de papéis, cujas condições e marcas de tinta sugeriam terem sido feitas há pelo menos cento e cinquenta ou duzentos anos. Para outros especialistas, porém, a variedade de objetos indeterminados, de diferentes formatos, materiais e tipos de entalhamento, é que produziam a sensação de inquietação. Eles estavam espalhados em meio aos destroços em estados distintos de avaria. Um dos objetos, que agitou os professores de Miskatonic, era uma imagem monstruosa, mas bastante danificada, que se assemelhava ao objeto entregue por Gilman ao museu da faculdade, porém maior e cravejada de uma pedra anil em lugar do metal, com um pedestal angular onde se viam hieróglifos indecifráveis, esculpidos com grande destreza.

Os arqueólogos e antropólogos envolvidos tentavam encontrar explicações para as imagens bizarras gravadas em uma malga de metal despedaçada, cujo interior parecia tingido de uma substância marrom. E, até hoje, os estrangeiros e as avós religiosas alcovitam a respeito do tal crucifixo de níquel cuja corrente fora arrancada da imagem e identificada, com perplexidade, em meio aos escombros por Joe Mazurewicz como aquela que ele próprio havia dado a Gilman muitos anos antes. Muitos creem que o crucifixo teria sido levado ao compartimento trancafiado pelos ratos, outros entendem que ele deveria estar em algum canto do velho quarto de Gilman. Outros mais, como o próprio Joe, nutrem teorias ainda mais selvagens e fantásticas sobre o sumiço do crucifixo, além da razão crível.

Quando a parede do quarto de Gilman foi derrubada, o espaço triangular entre seu interior e a parede voltada ao norte pareceu conter muito menos escombros estruturais em face ao seu tamanho do que o quarto em si, embora tivesse uma camada de materiais velhos que paralisaram os operários. Em suma, o chão era um verdadeiro ossuário de esqueletos infantis. Alguns eram mais novos, mas, em meio a eles, havia uma infinidade de outros estados de deterioração, e algumas ossadas tinham virado pó.

Sobre essa camada de ossos repousava uma faca de grandes proporções, velha, aberrante e repleta de ornamentações e gravuras excêntricas. Sobre ela, uma grande quantidade de escombros se empilhava. Em meio ao emaranhado estrutural, encaixado entre uma tábua e um amontoado de tijolos da chaminé, estava um objeto que prometia causar grande alarde, terror e burburinhos supersticiosos ao redor de Arkham, mais do que qualquer outro objeto encontrado na casa maldita. Era um esqueleto parcialmente esfacelado de uma ratazana avantajada e cadavérica, cujas formas anômalas ainda são alvo de grande especulação e reticência entre os membros do departamento de anatomia comparativa da universidade de Miskatonic. Pouquíssimas informações a respeito do esqueleto vieram a público, mas os operários que o encontraram espalhavam rumores, ainda perplexos, a respeito de suas características físicas. Para começar, a criatura tinha pelos longos e castanhos.

Os ossos das mãos eram típicos de primatas. Seu crânio, com presas amareladas, era uma grande aberração. E, de certo ângulo, parecia uma miniatura humana, degradada e perversa, porém. Ao anoitecer, os temerosos operários que encontraram a criatura diabólica travestida de gente se reuniram e dirigiram-se à Igreja Saint Stanislaus. Lá, acenderam suas velas em gratidão, pois sabiam que os risos estridentes e fantasmagóricos que tanto os perturbavam jamais voltariam a lhes assombrar.

FIM

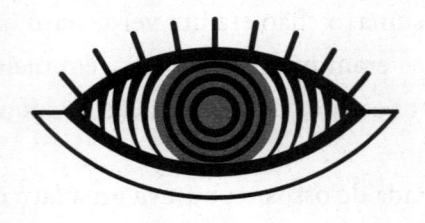

O FESTIVAL

Efficiut Daemones, ut quae non sunt, sic tamen quasi sint,
conspicienda hominibus exhibeant.
Lacantius

(O demônio opera para tornar real tudo aquilo que não o é aos olhos dos homens.)

Eu estava longe de casa, e o feitiço do mar do Leste agia sobre mim. Sob o crepúsculo, ouvia as ondas quebrar contra as pedras e sabia que o que buscava estava lá em cima, além dos montes, onde os salgueiros se contorciam com a ação do vento, sob o céu límpido e as estrelas brilhantes. E, porque meus ancestrais haviam me chamado à cidade velha, caminhei estrada adentro, sobre a neve que caía superficialmente. A estrada estendia-se solitária a uma distância de onde era possível ver as luzes de Aldebaran entre as árvores. Continuei em direção à cidade velha, que eu conhecia apenas em sonho.

Era época de Yule[12], conhecida pelos homens como Natal, embora soubessem, no fundo do coração, que aquela era uma tradição ainda mais antiga do que a cidade de Belém ou da Babilônia, mais velha do que Mênfis e do que a própria humanidade. Enfim, Yule e eu chegamos à cidade náutica, onde o meu povo havia lutado e mantido a antiga, porém proibida, celebração que ocorria uma vez a cada século para que a memória de segredos primitivos nunca fosse esquecida. O meu povo já era antigo, até mesmo para os padrões de trezentos anos antes, quando aquelas terras foram estabelecidas. Era um povo estranho, pois descendia de tribos obscuras originárias de campos repletos de orquídeas soníferas ao Sul e falava uma língua alheia à dos pescadores de olhos azuis, a qual tiveram de aprender mais tarde. E agora estávamos espalhados, compartilhando apenas os mistérios que não podiam ser compreendidos pelos vivos. Eu fui o único a voltar naquela noite à velha cidade de pescadores, como rezava a lenda, pois apenas os miseráveis e solitários foram capazes de lembrar-se.

Atrás do pico, observei Kingsport, estendida sob o gelo em meio à escuridão da noite. Tudo estava tomado pela neve, seus cata-ventos e campanários, mastros e chaminés, pontes e polias, salgueiros e túmulos, infinitos labirintos de ruas tortuosas, estreitas e íngremes, bem como construções centrais coroadas pela igreja católica, que o tempo não ousara tocar. Além disso, via confusões de casas coloniais empilhadas e espalhadas em todos os ângulos possíveis e pavimentos desordenados como se fossem blocos dispostos por uma criança. A antiguidade pairava como asas acinzentadas sobre os cumes e as cumeeiras dos telhados salpicados pela neve. Claraboias e janelas pequenas reluziam em meio à escuridão da noite, unindo-se a Órion[13] e outras tantas constelações

---

[12] Palavra arcaica da língua inglesa, de origem pagã, que equivale ao Natal cristão. (N.T.)
[13] Uma das constelações mais antigas e brilhantes, presente em antigas mitologias e crenças. (N.T.)

milenares. Na direção das polias já desgastadas pelo tempo, o mar revoltava-se. Era um mar que guardava profundos segredos, de tempos imemoriais, e pelo qual meu povo havia desembarcado naquela cidade.

À beira da estrada, em seu auge, uma cúpula se erguia, sombria e varrida pelo vento. De repente, percebi que aquele era um cemitério onde campas negras, pulverizadas pela neve, estavam cravadas no solo de maneira tão macabra quanto as unhas apodrecidas de um cadáver gigante. A estrada, que não tinha nenhum rastro de outro ser vivo, era fria e desértica. Em certos momentos, pensei ter ouvido um rangido assustador, como de uma forca oscilante sob a ação do vento. Em 1692, quatro dos meus parentes haviam sido condenados à forca por bruxaria, mas eu não sabia qual era o local exato de seus leitos de morte.

Segui pela estrada que agora se curvava de maneira decrescente, e de frente para um barranco que desembocava no mar busquei sons felizes de uma vila em meio ao entardecer, mas não os ouvia em nenhuma parte. Depois, pensei que aquele povo puritano deveria ter costumes natalinos alheios aos meus. Talvez estivessem fazendo preces silenciosas ao redor de suas lareiras. Diante dessa possibilidade, parei de buscar sons felizes ou transeuntes e continuei ao longo da estrada, passando por casas de camponeses fracamente iluminadas e paredes de pedra, onde os anúncios das lojas de antiguidades e tavernas marítimas balouçavam com a brisa do mar, e as aldravas grotescas das entradas colunadas cintilavam nas inospitaleiras ruas de terra à luz de pequenas janelas cortinadas.

Eu tinha estudado os mapas da cidade velha e sabia onde encontrar a casa dos meus parentes. Fui informado de que seria reconhecido e bem-vindo, pois lendas de vilarejos perduram por muitos anos. Diante dessas informações, passei rapidamente pela Rua Back, pela Associação de Tribunais e, adiante, pela neve fresca sobre as calçadas de lajota para onde a Travessa Green levava, logo atrás do Mercado da Cidade. Os mapas antigos ainda pareciam fiáveis e não tive problemas ao utilizá-los. No entanto, creio que o povo de Arkham mentia ao afirmar que era possível chegar à cidade de trem, pois não havia nenhum tipo de trilho visível. Também seria plausível pensar que a neve poderia ter coberto toda a ferragem. Enfim, eu me sentia satisfeito em caminhar, pois a vista dos vilarejos era linda do alto das colinas. Ansiava pelo momento em que bateria à porta dos meus parentes, na sétima casa à esquerda da Travessa Green, cujo telhado era acuminado e o segundo andar era sobressalente, uma construção de pouco antes de 1650.

As luzes já estavam acesas assim que cheguei à porta, e pude notar, pelas janelas em formato de diamante, que a casa havia sido mantida como na antiguidade. A parte superior se projetava sobre a rua coberta de grama e quase tocava a casa à frente, de forma que eu me sentia em um túnel, cuja soleira não apresentava nenhum resquício de neve. Não havia calçada, mas muitas casas tinham portas altas que podiam ser alcançadas por duplos lances de escadas e corrimões de ferro. Era uma cena estranha, pois eu era completamente novo em New England e desconhecia todos aqueles seus detalhes. Apesar de satisfeito, teria me sentido melhor se tivesse visto passos na neve, pessoas nas ruas e algumas cortinas abertas.

Quando bati à porta, com a arcaica aldrava de ferro, fui tomado pelo medo. Era um sentimento que crescia dentro de mim, talvez pela minha estranha ascendência, pela escuridão da noite e por tamanho silêncio naquela cidade senil de costumes raros. Quando ouvi uma resposta, senti grande pavor, pois sequer tinha escutado algum passo nas escadas antes que a porta fosse finalmente aberta. Porém, o temor foi embora assim que um senhor de túnica e pantufas, de feição insossa, apareceu à porta e, apesar de ter feito sinais em demonstração de sua mudez, escreveu algumas palavras esquisitas de boas-vindas com a caneta de cera sobre a tabuleta que carregava.

Ele me acolheu em um cômodo à luz de velas enfraquecidas, as quais expunham as vigas e os móveis escuros, rígidos e esparsos, que datavam do século XVII. O passado parecia vivo naquele local, pois nenhum atributo parecia lhe faltar. Logo, pude ver uma lareira cavernosa e uma roda de fiar onde uma senhora, com uma túnica larga e um chapéu típico[14] do final do século XVIII, estava sentada, de frente para mim, girando a roca em silêncio durante aquela temporada de festividades. O local parecia tomado por uma umidade que não pude determinar, e me surpreendi ao notar que a lareira não estava acesa. A poltrona, de recosto alto, encarava as janelas cortinadas à esquerda e parecia ocupada, mas eu não tinha certeza. Não gostei de nada do que vi, e mais uma vez fui tomado pelo mesmo medo de outrora, que logo se transmutou em pânico. O que antes me havia tranquilizado agora me consumia: a feição cada vez mais insossa e aterrorizante do velho homem. O tom das respostas era sempre o mesmo, e sua face parecia feita de cera. Ao observar mais um pouco, percebi que aquele não era um rosto real, mas uma máscara diabolicamente engenhosa. No entanto, as mãos rechonchudas, cobertas por uma luva, escreviam com grande destreza sobre a tábua e me diziam que eu esperasse até que pudesse ser encaminhado ao local onde as festividades eram celebradas.

O velho homem apontou para um conjunto formado por cadeira, mesa e pilha de livros, e então deixou o recinto. Quando me sentei para ler, percebi que os livros estavam bastante envelhecidos e embolorados. Alguns deles eram *As maravilhas do silêncio,* do velho Morryster, o terrível *Sadducismus triumphatus,* de Joseph Glanvill, publicado em 1681, *Daemonolatriae,* de Remigius, impresso em 1595, em Lyons, e o pior de todos, o indizível *Necronomicon,* do árabe louco Abdul Alhazred,

---

[14] Do inglês "poke-bonnet", chapéu típico do final do século XVIII, cuja frente era proeminente e tinha fitas que serviam para amarrá-lo abaixo do queixo. Eram tipicamente feitos de palha, seda e algodão. (N.T.)

na versão proibida de Olaus Wormius traduzida para o latim, um livro que eu nunca tinha visto, mas sobre o qual tinha ouvido coisas monstruosas. Ninguém naquele lugar dirigia uma palavra a mim, entretanto, eu conseguia ouvir o ranger do vento lá fora bem como o som das rocas da velha encapuzada que não parava seu silencioso tear. A casa, os livros e as pessoas eram mórbidos e perturbadores, mas, graças às antigas tradições de meus ancestrais, e os rituais macabros a que fui por eles apresentado, decidi não me surpreender com bizarrices. Comecei a ler e logo fiquei absorto por algo no maldito *Necronomicon*. Era uma lenda desprezível demais para qualquer mente sã ou consciente, e senti um desgosto ainda maior quando ouvi uma das janelas de frente para a poltrona se fechar, como se tivesse sido aberta furtivamente. Em seguida, um sibilo, que não vinha da roca da velha, ressoou. Diante do barulho do tear que a velha girava com toda a força, além do tique-taque do relógio velho, o ruído não pareceu assim tão alto. Depois, tive a sensação de que as poltronas estavam vazias e mergulhei na leitura. Alguns instantes após o início da leitura, o velho homem voltou. Dessa vez, vestia botas e uma vestimenta larga e antiga e sentou-se ao banco, de maneira que eu não podia vê-lo. Foi uma espera tensa, e o livro perverso em minhas mãos exacerbou aquele presságio estranho. Quando o relógio bateu onze horas, o velho se levantou, dirigiu-se a uma grande cômoda de canto e apanhou dois mantos com capuz, um dos quais vestiu e o outro colocou em volta da senhora, que começou a desacelerar seu monótono tear. Em seguida, caminharam em direção à porta, ela movendo-se muito devagar, enquanto ele apanhava o exato livro que eu lia há pouco. Na sequência, acenou para mim e colocou o capuz sobre sua face, ou máscara, imóvel.

Caminhamos por aquela cidade tortuosa e de aberrante antiguidade, desprovida de qualquer luz do luar. Aos poucos, as luzes das casas, obstaculizadas pelas cortinas, foram desaparecendo, uma a uma, e então a

Constelação Cão[15] olhou, lúbrica, para a multidão de figuras vestidas com golas e capuzes, as quais saíam silenciosamente de cada porta e, juntas, formavam uma procissão aterrorizante. A multidão subia a rua, passava pelas placas que rangiam com o vento e as cumeeiras antediluvianas, pelos telhados de palha e as janelas octaédricas. Desciam por ruas alcantiladas, onde casas decadentes se sobrepunham e amontoavam-se. Caminhavam sobre pátios a céu aberto e cemitérios. Seus lampiões balouçantes embriagavam as constelações em uma aura sobrenatural.

Em meio a essa multidão tácita, segui meus guias emudecidos, empurrado por cotovelos quebradiços e pressionado por caixas torácicas e estômagos que pareciam anomalamente polposos, no entanto, sem que pudesse espiar qualquer fração de seus rostos ou ouvir uma única palavra. Subíamos sem parar por colunas assustadoramente escorregadias, e pude perceber que os caminhantes convergiam, conforme fluíam nas proximidades de um emaranhado de becos, ao topo de uma colina, bem no centro da cidade, onde se via uma igreja enorme e pálida. Lembrei-me de que a tinha visto em outro momento, quando avistara Kingsport de longe, ao cair da noite, e havia sentido um frio gélido na espinha, pois Aldebaran pareceu ter oscilado por um momento sobre aquele pináculo fantasmagórico.

Havia um espaço a céu aberto ao redor da igreja. Parte era representado pelo cemitério, com seus mastros espectrais, e a outra parte era uma praça parcialmente asfaltada, varrida pelo vento, quase impermeável à neve e alinhada com casas insalubres e arcaicas, donas de telhados pontudos e cumeeiras imponentes. A combustão dos gases da morte dançava sobre os túmulos e revelava uma perspectiva medonha, mas

---

[15] A constelação mencionada pelo autor como "Constelação Cão" provavelmente se refere à Constelação Cães de Caça, de menor escala e localizada no Hemisfério Norte, onde a história se passa. Há duas outras constelações chamadas Cão Maior e Cão Menor, ambas localizadas no Hemisfério Sul e de maior escala. (N.T.)

as chamas não eram fortes o bastante para produzir sombras. Ao passarmos pelo cemitério, onde não havia casas, pude observar no cume, sobre a colina, o brilho das estrelas sobre o porto, embora a cidade parecesse invisível no escuro. Vez ou outra, um lampião balouçava de maneira horripilante pelos becos serpentinos durante o caminho, acometendo a multidão taciturna que deslizava em direção à igreja. Esperei até que a massa toda, bem como os retardatários, exsudasse para dentro da passagem escura. O velho puxava-me pela manga, mas resisti até que fosse o último. Ao cruzar o limite e entrar no templo aglomerado, cuja escuridão formava uma matéria indecifrável, virei-me para trás, na tentativa de observar o exterior em meio à fosforescência do cemitério que irradiava uma luz doentia sobre a colina. Senti um calafrio. Embora o vento não permitisse que grande parte da neve repousasse sobre o chão, era possível ver alguns trechos em que os flocos se fixavam junto à porta, e, mediante aquele olhar furtivo para trás, pude notar, perturbado, que não havia marcas de passos sobre eles; sequer os meus podiam ser vistos.

O interior da igreja era debilmente iluminado pelos lampiões de uma parte da multidão que ainda permanecia lá dentro. Grande parte dos caminhantes havia marchado pelos corredores, passado entre os grandes bancos e percorrido o trajeto que levava a algumas portinholas e então, às criptas mortuárias, as quais faziam um ruído repugnante quando abertas diante do púlpito. Eles se contorciam em sigilo ao penetrar a passagem. Eu os seguia, calado, pelos degraus decrescentes em direção à escuridão sufocante das criptas. O rastro daquela linha sinuosa de andarilhos da noite era abominável. Eles ziguezagueavam em uma tumba ungida e pareciam ainda mais horríveis quando estáticos. Depois, notei que o chão da tumba tinha uma abertura por onde a multidão deslizava e, de repente, percebi que estávamos todos descendo por uma escada mórbida, de pedra talhada, uma passagem estreita e espiralada, úmida e fedorenta, que mergulhava terra adentro, nas entranhas do morro, passando por muros monocórdios de blocos de pedra soltos e cimento putrefeito. Eu descia as escadas, mudo e impressionado. Observei que, após um intervalo, as paredes e os degraus haviam mudado, como se tivessem sido esculpidos em uma rocha sólida. O que me incomodava, principalmente, era o fato de que os infindáveis passos da multidão não produziam sons, tampouco ecoavam. Após uma eternidade de passos terra adentro, vi algumas passagens ou covas de reentrâncias desconhecidas cobertas pelo breu de mistérios soturnos. Logo, tornaram-se ainda mais numerosas, como catacumbas profanas de ameaça sem nome, onde o odor pungente de podridão tornou-se insuportável. Sabia que estávamos passando por baixo da montanha e da terra de Kingsport e tremia de medo ao pensar na lendária cidade corroída por vermes que se nutriam em meio a uma atmosfera subterrânea e maléfica.

Vi uma luz lúgubre tremeluzir e ouvi o som de ondas subtérreas quebrar de maneira traiçoeira. Tremi novamente, pois eu não gostava das coisas que a noite havia trazido consigo. Nutri o desejo amargo de que nenhum antepassado meu tivesse me convocado àquele ritual primitivo. Quando os degraus e a passagem se alargaram, ouvi outro som: um flautear lamurioso e agudo que entrava pelos meus ouvidos com certa debilidade. De súbito, a vista de um mundo inferior sem fim rompeu-se diante de mim, junto a uma orla vasta e fúngica, acesa por uma nuvem de chama esverdeada e nociva e banhada por um grande rio oleoso que confluía do abismo, tão assustador quanto inesperado, a fim de unir-se aos imemoriáveis golfos oceânicos negros que eu jamais tinha visto.

Sentindo-me abatido e ofegante, fitei adiante o érebo[16] assombrado de fungo titânico, fogo morfeico e água lodosa. Presenciei a multidão

---

[16] Érebo, ou érebos, é a representação das trevas de acordo com a mitologia grega. (N.T.)

formando um semicírculo ao redor de um pilar em chamas. Era o ritual de Yule, mais antigo do que os próprios homens e predestinado a sobreviver apesar deles. Era o ritual primitivo de solstício e selava a esperança da primavera após o inverno. Era um ritual de fogo, perenidade, música e luz. Na gruta escura, testemunhei aquela massa realizar o rito, adorar a pira de fogo, goivar e lançar ao rio punhados daquela vegetação viscosa que resplendia um tom de verde clorofilado. Eu apenas observava tudo aquilo. De repente, vi uma silhueta agachada em meio à sombra, flauteando de maneira incomodativa. À medida que tocava a sua flauta, pensei ter ouvido um alvoroço abafado e nocivo que vinha da escuridão, que eu não conseguia enxergar. No entanto, o que mais me perturbava era a pira de fogo, pois ela cuspia chamas vulcânicas de uma profundeza inconcebível, sem, contudo, produzir sombras como era de se imaginar. Enquanto isso, o fogo tingia a rocha nitrosa com um tom de verde infesto. Em toda aquela combustão efervescente não havia calor, apenas a seiva da morte e da perversão.

O velho que havia me conduzido envergava-se ao lado da chama horrenda e fazia movimentos rígidos e cerimoniosos face ao semicírculo. Em alguns momentos do ritual, a multidão fazia movimentos de subserviência, especialmente quando o senhor levantava acima da cabeça o repugnante *Necronomicon*, que havia levado consigo. Eu compartilhava da mesma submissão, pois havia sido convocado ao ritual por meio dos escritos dos meus ancestrais. Em seguida, observei o velho homem fazer um sinal para o flautista, mergulhado na escuridão. Eu mal conseguia identificá-lo. Mediante aquele sinal, o músico mudou o zumbido enfraquecido de sua flauta para um sibilo bem mais alto, em outra nota. Isso me provocou uma sensação inimaginável e inesperada de puro horror. Em meio àquela sensação, encolhi-me, junto ao chão repleto de liquens, paralisado de terror, não pelo mundo que acabara de conhecer ou qualquer outro mundo, mas tão-somente pelo vazio entre as estrelas.

Do escuro inimaginável além do brilho gangrenoso daquelas chamas frias, das tropas de Tártaro[17] pelas quais o rio oleoso confluía misteriosamente, em silêncio e insuspeitado, lá debatia-se ritmicamente um aglomerado de seres monótonos, amansados e híbridos que nenhuma mente ou olho são poderia jamais compreender ou sequer lembrar. Não eram corvos, tampouco eram toupeiras, abutres, formigas, morcegos vampirescos, ou seres humanos decompostos. Eram algo que eu não posso e não devo lembrar. Coxeando, eles se retorciam, com seus pés unidos por teias e asas membranosas e, assim que alcançaram a multidão de celebrantes, as figuras encapuzadas os capturaram, montaram sobre eles e cavalgaram as bestas, uma a uma, ao longo do rio sem brilho, dentro de covas e galerias de pânico, onde o veneno nutre cascatas de medo, impossíveis de serem descobertas.

A velha que fazia seu tear acompanhou a multidão ao longo do rio. O ancião, pelo contrário, permaneceu, porque me recusei a cavalgar sobre um daqueles animais como os outros fizeram. Quando abracei meus pés, percebi que o flautista amorfo já não estava mais lá e que duas outras bestas permaneciam em pé, pacientes. Diante da minha imobilidade, o velho homem tomou a caneta de cera para escrever, em sua tábua, que era o substituto legítimo de meus ancestrais, fundadores da celebração de Yule naquele local. Escreveu ainda que já sabiam que eu voltaria e que os segredos mais misteriosos ainda seriam demonstrados. Sua letra era bastante arcaica. Ainda hesitante, ele retirou um sinete e um relógio de sua larga túnica, ambos com o brasão de minha família, para provar que ele falava a verdade. No entanto, aquela prova era espantosa, pois eu sabia que o relógio tinha sido enterrado com o tataravô do meu avô, em 1698.

Naquele momento, o velho abaixou o capuz e apontou para o próprio rosto, demonstrando sua semelhança familiar. Tremi de medo,

---

[17] *Tartarus*, em grego, ou Tártaro, é um personagem da mitologia grega originário do caos. (N.T.)

pois sabia que aquele não era seu rosto verdadeiro, mas uma máscara de cera diabólica. Os animais se arrastavam incansavelmente pelos liquens e percebi que o velho homem também parecia agitado. Quando uma das criaturas começou a cambalear e afastar-se, ele se moveu rapidamente com o intuito de impedi-la. Com o movimento, sua máscara se deslocou daquilo que deveria ser sua cabeça. Atônito, eu não conseguia voltar à escada de pedra, portanto lancei-me ao rio cheio de óleo, que borbulhava em algum local nas cavernas do mar. Atirei-me dentro daquele suco putrefato originário das entranhas horrendas da Terra antes que meu próprio grito enlouquecido pudesse colocar-me na mira de qualquer legião de cadáveres que aquele golfo pudesse abrigar.

No hospital, fui informado de que tinha sido encontrado em estado parcial de congelamento em Kingsport, pouco antes do amanhecer, agarrado a um mastro que flutuava sem rumo, o qual me havia prestado socorro acidentalmente. Disseram-me que eu havia tomado a bifurcação errada da estrada na noite anterior e que provavelmente havia caído do barranco, em Orange Point. Isso foi o que deduziram pelas pegadas que encontraram na neve. Eu não podia dizer nada, pois tudo parecia errado, e agora eu via um mar de telhados novos e ouvia o barulho de trens e automóveis nas ruas. Eles insistiam que aquela era Kingsport, e como eu poderia negar? Em seguida, entrei em delírio quando entreouvi que seria levado ao hospital que ficava ao lado do cemitério da igreja, na Colina Central. Lá, no Hospital Saint Mary, em Arkham, recebi cuidados mais apropriados. Gostei do lugar, em especial porque os médicos tinham a mente aberta, e inclusive me informaram como eu poderia obter uma cópia resguardada do polêmico *Necronomicon*, de Alhazred, da biblioteca da Universidade Miskatonic. Houve uma vaga menção a algo como "psicose" e concordaram que eu deveria me livrar das obsessões que assombravam a minha mente.

Li o terrível capítulo e, quando terminei, senti um calafrio percorrer a minha espinha, pois eu já o conhecia. Eu já o tinha visto, e as minhas pegadas seriam as minhas mais convincentes testemunhas. No entanto, já não recordava onde o tinha visto. Não havia ninguém em plena consciência de quem pudesse me lembrar, e meus sonhos estavam recheados de terror e frases que não me arrisco a repetir, exceto um único parágrafo, o qual ouso traduzir do meu latim vulgar para o inglês:

"As cavernas profundas", escreveu o árabe louco, "não foram feitas para o olho raso, pois suas maravilhas são ao mesmo tempo fantásticas e bizarras. Maldito seja o solo onde os pensamentos dos mortos vivem presos em cadáveres novos e estranhos, e diabólica seja a mente sustentada por cabeça nenhuma. Segundo o sábio Ibn Schacabao, bem-aventurada seja a tumba onde nenhum sábio repousa, e afortunada seja a cidade soturna em que o sábio se tornou pó. Já dizia o antigo ditado que a alma do diabo jamais deixa sua câmara argilosa, mas nutre e instrui os vermes da terra, que a corroem, e de sua degradação fazem vida, para que os monótonos necrófagos da Terra possam tornar-se ainda mais monstruosos em seus atormentares. Assim, profundos buracos são cavados secretamente nos poros da Terra, e então os vermes rastejantes aprendem finalmente a caminhar."

FIM

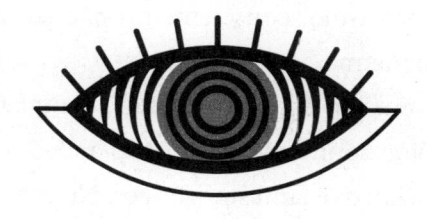

O VISITANTE DAS TREVAS

Eu vi a escuridão do universo bocejar, onde os planetas negros giram sem rumo.

Giram, alheios, ao redor de seus eixos horrendos, sem nenhum conhecimento, brilho ou nome.

Investigadores cautelosos teriam dificuldades em questionar a crença popular de que Robert Blake havia sido morto por um raio ou vítima de um profundo colapso nervoso provocado por uma carga elétrica de grande intensidade. É verdade que a janela estava quebrada, no entanto a natureza já havia se mostrado capaz de operar de maneiras excêntricas. A expressão em seu rosto poderia facilmente ter sido produzida por um espasmo muscular incompreensível, em nada relacionado com o que teria visto, já que suas anotações provavam a magnitude de sua imaginação fantástica, estimulada por certas superstições locais e assuntos que havia descoberto. Quanto à condição anômala da solitária igreja na Colina Federal, o perspicaz detetive não se delongou em vinculá-la a um tipo de charlatanismo, consciente ou não, ao qual Blake estaria ligado de alguma maneira.

Afinal, a vítima era um escritor e pintor, completamente devotado aos assuntos dos mitos, sonhos, terrores e superstições, além de ser ávido por cenas e efeitos bizarros e fantasmagóricos. No entanto, sua última estadia na cidade, para visitar um velho senhor tão absorto quanto ele pelo obscurantismo e pelas crenças proibidas, terminou em morte e incêndio, como se um instinto mórbido o tivesse atraído de sua cidade natal, Milwaukee. Ele deve ter tomado conhecimento das lendas antigas, apesar de suas anotações mostrarem o contrário, e sua morte pode ter cortado pela raiz alguns dos rumores destinados a uma reflexão mais literária.

Contudo, entre aqueles que haviam examinado e correlacionado todas aquelas evidências, havia quem se apegasse a teorias menos racionais e corriqueiras. Eram mais inclinados a valorizar as anotações no diário de Blake e apontar para certos fatos significativos, entre os quais a autenticidade irrefutável dos registros da igreja, a existência inegável da seita heterodoxa e detestada Sabedoria Estrelada, originária de anos anteriores a 1877, o desaparecimento de um relator chamado Edwin M. Lillibridge, em 1893, e sobretudo, o olhar tenebroso, transfigurado pelo medo, no semblante do jovem escritor quando faleceu. Foi um desses seguidores que levou a seita a níveis profundamente extremos. Certo dia, foi à baía e lançou uma pedra angular, bem como sua caixa adornada de metal encontrada no campanário da igreja. Era um campanário negro e não tinha janelas, muito diferente daquela torre em que aquelas coisas estariam originalmente segundo o diário de Blake. Apesar de toda a censura, oficial e extraoficial, o homem, que era um médico respeitado com um gosto pelas crenças populares sinistras, assegurou-se de que havia libertado a Terra de um fardo muito perigoso.

O leitor terá de escolher entre essas duas escolas de pensamento. Os documentos forneciam os detalhes tangíveis de uma perspectiva cética, deixando para os demais que tirassem suas próprias conclusões a respeito da cena, conforme Robert Blake a teria visto, pensado ou fingido. Agora, estudando o diário com mais afinco, sem nenhuma emoção atrelada, e por lazer, resumiremos a obscura cadeia de eventos do ponto de vista do personagem principal.

O jovem Blake havia retornado a Providence no verão de 1934 ou 1935. Alugou o andar superior de uma casa respeitada em um pátio coberto de grama na Rua College, no alto da grande colina ao leste, nas proximidades do *campus* da Universidade Brown e atrás da biblioteca John Hay. Era um lugar aconchegante e admirável, com um pequeno jardim que se assemelhava a um oásis e possuía a atmosfera de vilarejo antigo, onde gatos enormes e dóceis tomavam sol no alto de uma cobertura agradável. A honesta casa em estilo georgiano possuía uma espécie de mirante no topo, uma entrada clássica e entalhada, janelas pequenas e todas as outras atribuições características dos acabamentos do início do século XIX. Lá dentro, havia seis portas apaineladas, amplas tábuas de madeira no chão, uma escada curvada em estilo colonial, cornijas brancas que pareciam datar da época de Adão e um apanhado de quartos, três andares abaixo do andar térreo.

· O quarto de Blake, um alojamento amplo na direção Sul, proporcionava uma linda vista do jardim dianteiro. Das janelas que fitavam o oeste, em frente a uma das quais posicionara sua escrivaninha, era possível ver a face da colina e obter uma visão esplêndida dos telhados da cidade baixa banhados pelo pôr do sol místico. No horizonte distante, viam-se os declives violáceos do campo aberto e, diante deles, alguns quilômetros à frente, encontrava-se o espectro da Colina Federal, com um amontoado de telhados e campanários cujas silhuetas hesitavam misteriosamente, assumindo formas fantásticas à medida que a fumaça emitida pela cidade redemoinhava pelos ares e as envolvia. Blake tinha a sensação de que estava em busca de um mundo desconhecido, etéreo, que poderia ou não desaparecer nos sonhos caso tentasse aproximar-se e penetrá-lo.

Havia providenciado que boa parte de seus livros fosse traduzida, portanto comprou alguns móveis antigos para seu quarto, de modo que pudesse escrever e pintar. Lá viveria sozinho e tomaria conta de sua nova habitação por si só. Seu estúdio ficava no sótão, ao norte, onde as vidraças do mirante reluziam com perfeição. Durante o primeiro inverno, produziu cinco das suas histórias mais famosas: *O escavador das profundezas, As escadas da cripta, Shaggai, No vale de Pnath* e *O anfitrião das estrelas*. Além disso, pintou sete telas, estudos de monstros inumanos e de paisagens extraterrestres.

Durante o pôr do sol sentado à escrivaninha enquanto observava a paisagem ao oeste, deixava-se fascinar pelas torres escuras de Memorial Hall logo abaixo, os sinos do tribunal de justiça em estilo georgiano, os pináculos altivos do centro da cidade, o brilho do monte refletido pelos alcantis ao longe, as ruas e empenas labirínticas. Por meio de conhecidos, havia descoberto que, além dos montes, havia um bairro italiano amplo, embora muitas das casas ainda fossem remanescentes da época dos irlandeses e ianques. Vez ou outra, ele usava seus binóculos para observar aquele mundo espectral e inatingível além da fumaça que pairava pelos aires, escolhia telhados, chaminés e pináculos específicos. Punha-se, então, a especular sobre seus possíveis mistérios. Mesmo com a ajuda óptica, a Colina Federal parecia obscura, algo fabulosa e estranhamente conectada com o mundo irreal e as maravilhas intangíveis dos contos e imagens de Blake. Aquele sentimento persistia mesmo depois que o crepúsculo violáceo havia engolido a colina e que as luzes do tribunal e o farol da Confederação Industrial haviam se acendido para realçar o lado grotesco da noite.

De todos os objetos distantes na Colina Federal, uma igreja escura e ampla fascinava Blake especificamente. Ela se destacava porque, em algumas horas do dia, e durante o pôr do sol, a magnífica torre e o campanário cônico pairavam, soturnos, contra o céu flamejante. A igreja parecia repousar sobre um solo mais alto, em razão de sua fachada encardida e da oblíqua área ao norte, com telhados íngremes e grandes janelas pontiagudas que emergiam audaciosamente acima do emaranhado de vigas e chaminés. Era austera e sombria, parecia feita de pedra, manchada e desgastada pela fumaça e pelas intempéries sofridas durante séculos. Seu estilo, pelo que se observava dos vidros, era uma variante experimental proveniente do ressurgimento do estilo gótico, que precedeu a imponente era de Upjohn[18] e sobreviveu aos desenhos e proporções da era georgiana. Talvez tenha sido criada entre 1810 e 1815.

Com o passar dos meses, Blake escrutinizava a estrutura proibida e distante com um interesse de perversa latência. Como nunca tinha visto nenhuma luz irradiar da janela, sabia que o lugar estava desocupado. Quanto mais observava ao longe, mais nutria sua imaginação, até que começou a pensar em coisas curiosas. Passou a acreditar que uma aura singular de desolação assombrava o lugar, e até mesmo as pombas e os gaviões-tesoura esquivavam-se dos beirais nebulosos dos telhados. Nos outros telhados, refletidos em seus vidros, viam-se torres e campanários inundados de pássaros, mas nunca ousavam repousar naquele. Isso era o que Blake pensava e registrou em seu diário. Ele mostrava o local a diversos amigos, mas nenhum deles jamais havia estado na Colina Federal ou tinha sequer noção do que aquela igreja representava ou teria representado no passado.

Durante a primavera, Blake foi tomado por uma profunda agitação. Ele havia começado a escrever seu romance, que planejava há muito tempo e baseava-se na suposta sobrevivência da seita das bruxas no Maine, mas teve dificuldades em finalizá-lo. Agora, recolhia-se em sua escrivaninha, de frente para a janela, que lhe deleitava com a paisagem

---

[18] Richard Upjohn foi um arquiteto britânico-americano líder do período neogótico. (N.T.)

do oeste, e fixava o olhar na colina, ao longe, e no campanário negro rechaçado pelos pássaros. Quando as delicadas folhas caíam sobre o jardim, sentia que o mundo estava mais bonito. A inquietação de Blake era nutrida a cada dia. Foi neste momento que pensou em cruzar a cidade e subir o morro até aquele nebuloso mundo dos sonhos.

No final de abril, pouco antes da sombria data de Walpurgis, Blake foi pela primeira vez à construção misteriosa. Caminhando a passos lentos pelas entrelaçadas ruas do centro e pelas praças desoladoras e abandonadas, conseguiu chegar enfim à avenida ascendente de ladrilhos gastos pelo tempo. Ele se abaixava sob varandas dóricas e cúpulas turvas, as quais sentia que o guiariam até o memorioso mundo inalcançável além da névoa. As encardidas placas azuis e brancas das ruas já não indicavam nada para ele. Percebeu, então, que os habitantes tinham feições soturnas. Os letreiros afixados no exterior das lojas estavam imundos, assim como as construções às quais estavam pregados. No entanto, Blake não conseguiu encontrar nenhuma referência que tinha visto do alto de sua distante janela e pôs-se a pensar que a Colina Federal era de fato um mundo mágico que nunca poderia ser tocado pelos pés humanos.

Aqui e acolá, igrejas com fachadas surradas ou pináculos esmigalhados apareciam pelo caminho, mas Blake nunca chegava à torre negra. Quando perguntou a um vendedor sobre uma igreja de pedra, bastante proeminente, o homem lhe devolveu um sorriso e balançou a cabeça, embora fosse fluente em inglês. Conforme subia as ladeiras, a região parecia cada vez mais estranha, com labirintos desorientadores repletos de travessas ermas e taciturnas que sempre levavam na direção Sul. Ele cruzou duas ou três grandes avenidas e pensou ter visto de relance uma torre familiar. Perguntou novamente a outro comerciante sobre a gigante igreja de pedra, e, dessa vez, ele poderia jurar que a pulga da ignorância era falsa. A feição enegrecida do homem deflagrava um olhar de medo, o qual ele tentou esconder a todo custo. No entanto, Blake captou um gesto curioso da mão direita do rapaz.

De repente, um pináculo negro despontou contra o céu nublado, à esquerda, acima dos renques de telhados pardos, como se alinhavasse todo o entrelaçamento de travessas ao sul. Blake sabia o que era e lançou-se pelas esquálidas ruas de terra que desembocariam na avenida. Perdeu-se duas vezes no caminho, mas não ousou voltar a perguntar a nenhum pai ou mãe de família sentado no degrau de sua casa ou a alguma criança que gritava e brincava na lama daquelas ruas lúgubres.

Finalmente, foi capaz de enxergar a torre, plena, na direção sudoeste, e uma grande construção de pedra rosada ao final da travessa. Nesse momento, estava parado em uma praça aberta, de paralelepípedos pitorescos, onde ventava muito. A praça era cercada por um muro alto sobre um barranco, no outro extremo. Era o fim da sua missão, pois, acima do extenso planalto coberto de vegetação e trilhos de ferro alicerçados pelo muro, via-se um mundo separado, inferior, aproximadamente dois metros acima do nível das ruas vizinhas. Lá havia uma construção ao mesmo tempo titânica e obscura, cuja essência estava acima de qualquer discussão, apesar da nova perspectiva adotada por Blake.

A igreja vazia estava em estado de total decrepitude. Algumas das pedras mais altas que serviam de pilar haviam caído, e diversos detalhes de grande delicadeza estavam estirados ao solo, onde a vegetação escura crescia sem nenhum cuidado. As janelas góticas, cobertas de fuligem, estavam em sua maioria estilhaçadas, e muitas fasquias de pedra já não estavam presentes. Blake perguntava-se como as vidraças escuras das janelas poderiam ter sobrevivido tão bem em face dos hábitos de moleques arruaceiros espalhados mundo afora. As portas colossais estavam intactas e devidamente fechadas. No alto do muro sobre o barranco, preenchendo quase todo o solo, havia uma cerca de metal enferrujado cujo portão, aos pés de um lance de escadas da praça, estava visivelmente trancado. Todo o caminho do portão à construção estava forrado de vegetação. A ruína e a melancolia assombravam o lugar, e nos beirais desprovidos de pássaros e muros sujos destituídos de qualquer ramo de hera pairava um ar tenebroso acima do seu poder de descrição.

Havia pouquíssimas pessoas na praça; no entanto, Blake viu um policial do lado norte e decidiu abordá-lo com algumas perguntas sobre a igreja. Ele era um irlandês robusto, portanto não ofereceu muito mais do que sinal da cruz e um resmungo sobre o fato de que ninguém na cidade falava sobre aquela construção. Ao pressioná-lo por mais informações, ele disse, com alguma pressa, que um padre italiano havia alertado a população de que evitasse aquele lugar, pois uma força maligna habitava o local e havia deixado sua marca. Ele mesmo teria ouvido rumores terríveis sobre o lugar por meio do pai, o qual lembrava de alguns sons e murmúrios de sua infância.

A seita maldita teria habitado a região na antiguidade, um culto de foragidos da lei que, durante a noite, invocava criaturas terríveis de um golfo desconhecido. Foi necessário que um padre os exorcizasse, embora muitos afirmassem que a luz por si só foi o suficiente. Se o padre O'Malley estivesse vivo ainda hoje, certamente teria muitas coisas a contar. Agora, porém, não havia muito mais o que fazer além de manter o local em isolamento. Já não machucava ninguém, e os proprietários estavam mortos ou longe da cidadezinha. Eles fugiram como ratos após a conversa ameaçadora em 77, quando começaram a perceber que as pessoas evadiam das proximidades. Diziam que a prefeitura invadiria a propriedade e a tomaria por falta de herdeiros, mas isso não produziu bons resultados na prática. É melhor que seja deixada de lado para que os anos se encarreguem de derrubá-la. Que fique lá tudo o que pertence ao abismo escuro.

Assim que o policial se foi, Blake permaneceu onde estava, encarando os escombros do campanário sombrio. Ele estava ainda mais empolgado por saber que a construção despertava nos outros o mesmo sentimento que o consumia e começou a questionar se havia alguma sombra de veracidade nas histórias antigas que o cidadão uniformizado acabara de contar-lhe. Pensou que deveriam ser lendas evocadas pela aparência sinistra do lugar e, mesmo assim, soavam como um dos mortos-vivos de suas histórias.

O sol da tarde reluziu detrás das nuvens dispersas, porém parecia incapaz de iluminar os muros enegrecidos e manchados do velho templo que abrigava uma torre em seu planalto. Era estranho como o verde da primavera não tocava a vegetação escurecida e murcha no pátio, circundado por uma cerca de ferro. Quando se deu conta, Blake estava junto à área construída, examinando o muro do barranco e a cerca enferrujada em busca de possíveis meios de ingresso no local. Ele sentia uma tentação forte demais para ser ignorada diante do templo oculto. A cerca não tinha abertura perto dos degraus, mas circundando o lado norte havia algumas barras faltantes. Poderia, portanto, subir os degraus e caminhar pelo lado exterior da estreita cimalha até que conseguisse alcançar a fenda. Parecia-lhe que não encontraria interferências para entrar naquela construção que gerava tanto alvoroço entre a população local.

Ele já estava próximo do dique e do lado de dentro da cerca quando foi notado. Ao olhar para baixo, viu pessoas na praça se afastar e fazer o mesmo sinal curioso que o comerciante havia feito com a mão direita. Várias janelas foram fechadas bruscamente, e uma senhora avantajada disparou para a rua, puxando algumas crianças pelo cangote para dentro de um casebre sem cor. Em seguida, ultrapassou a fenda na cerca com facilidade, e logo Blake viu-se chafurdar em meio à vegetação pútrida e anovelada do pátio desértico. Aqui e acolá, passos ocos sobre lápides avisavam Blake de que funerais haviam ocorrido na região, mas ele imaginava que teriam acontecido muitos e muitos anos atrás. A robusta construção era opressora, agora que ele havia se aproximado dela, porém recobrou os ânimos e acercou-se para tentar entrar pelas portas colossais da fachada. Todas estavam seguramente trancadas, então passou a caminhar ao redor daquela construção ciclópica em busca de qualquer minúscula abertura por onde pudesse penetrar. Mesmo naquele momento, ele não tinha certeza se queria adentrar aquela assombração estéril, no entanto seu ímpeto tétrico o incitava.

Uma janela do porão desprotegido estava escancarada nos fundos do terreno, fornecendo a abertura necessária para Blake. Ao espiar por ela, um abismo de teias de aranha subterrâneas podia ser visto junto a uma grande quantidade de poeira ligeiramente iluminada pelos raios solares do oeste. Escombros, barris antigos, caixas destroçadas e móveis de vários tipos se encontravam no local. Por cima de tudo, havia uma camada de pó que prejudicava a nitidez das silhuetas. Os restos de uma fornalha de ar quente apontavam que o prédio havia sido utilizado e mantido dentro dos padrões arquitetônicos da metade da era vitoriana.

Agindo sem que tivesse consciência, Blake rastejou pela janela e deixou-se entrar em meio ao carpete de poeira e escombros do solo de concreto. O porão abobadado era amplo e não tinha divisões. Em um canto distante à direita, envolto por sombras densas, viu um arco escuro que certamente levava ao andar superior. Ele sentiu um receio peculiar por estar dentro do prédio fantasmagórico, mas procurou controlar-se à medida que vasculhava as entranhas do local. Encontrou um barril intacto em meio à poeira e rolou-o junto à janela para que pudesse retirá-lo de lá. Em seguida, ao encolher-se, cruzou o grande rol forrado de teias de aranha que levavam ao arco. Parcialmente engasgado com a quantidade de pó e coberto de teias de aranha asquerosas, alcançou os gastos degraus de pedra e começou a escalá-los em meio à escuridão. Ele não tinha lanterna, mas tateava os objetos com bastante cuidado. Ao virar de súbito, sentiu a presença de uma porta à frente, e um tatear atrapalhado revelou a antiguidade de seu trinco. A porta se abriu para o lado de dentro, e ele pôde distinguir um corredor pouquíssimo iluminado com uma superfície de painéis carcomidos por vermes.

Blake vasculhou o andar térreo com certa rapidez. Todas as portas internas estavam abertas, de modo que ele pôde adentrar todos os cômodos. A nave central era um lugar sobrenatural, com montanhas de poeira boiando sobre os bancos da igreja, o altar e o púlpito, em formato de ampulheta. As caixas de ressonância e suas cordas gigantescas estavam tomadas por teias de aranha, esticando-se até os arcos pontiagudos da galeria, e se entrelaçavam no amontoado de colunas góticas. Incidia, sobre toda essa melancolia silenciosa, uma luz pesada, à medida que o pôr do sol findava, endereçando alguns raios através de grandes janelas superiores escurecidas.

Os quadros nas paredes estavam tão sujos que Blake mal podia decifrar o que representavam, mas, do pouco que conseguia enxergar, não lhe apeteciam. Os desenhos eram convencionais, mas seu conhecimento sobre o simbolismo oculto foi de grande utilidade quando se deparou com algumas gravuras antigas. Os escassos santos retratados tinham expressões que renderiam muitas críticas, e uma das janelas mostrava um local escuro com espirais de luminosidade inusitados. Ao afastar-se das janelas, Blake notou que a teia de aranha sobre o altar não era normal, mas se assemelhava muito aos primitivos *Ankh*, ou Cruz Ansata[19], do antigo Egito.

Nos fundos da sacristia, ao lado da capela-mor, Blake encontrou uma escrivaninha corroída pelo tempo e prateleiras que beiravam o teto, repletas de livros pútridos e embolorados. Neste momento, pela primeira vez, surpreendeu-se positivamente com o terror objetivo que observara: os títulos dos livros encontrados diziam muito. Volumes

---

[19] *Ankh* ou Cruz Ansata eram símbolos sagrados no Egito antigo. (N.T.)

proibidos, dos quais a maioria das pessoas sãs sequer tinha ouvido falar ou, quando muito, rumores receosos e furtivos. Enciclopédias vetadas de puro terror sobre segredos ambíguos e fórmulas imemoriáveis que remetiam à época obscura e fabulosa em que os homens não existiam sobre a Terra. Blake havia lido muitos daqueles livros, inclusive a repugnante versão em latim de *Necronomicon*, o sinistro *Liber Ivonis*[20], o infame *Culte des Goules*[21], de Conde d'Erlette, *Von unaussprechlichen Kulten*[22], de von Junzt, e o antigo e diabólico *De Vermis Mysteriis*[23], de Ludvig Prinn. Mas havia outros tantos sobre os quais conhecera de reputação, ou justamente pela falta dela, como os *Manuscritos Pnakotic*[24], *O Livro de Dyzan*[25] e um volume despedaçado repleto de personagens que não pôde identificar, mas cujos símbolos e diagramas eram assustadoramente familiares ao aluno ávido pelo ocultismo. Decerto, os rumores que rondavam a cidade não eram inequívocos. O lugar de fato havia sido sede das trevas mais antigas do que a própria humanidade e maiores do que o universo concebível.

Na escrivaninha arruinada, havia um livro de registros amarrado por uma tira de couro. Ele estava recheado de dados escritos em uma criptografia estranha. Os escritos consistiam em símbolos tradicionais utilizados nos dias de hoje pela astronomia, alquimia, astrologia e outras artes dúbias como os dispositivos do sol, da lua, dos planetas, dos ângulos e dos sinais do zodíaco, todos compilados em formato de textos robustos e segmentados em parágrafos por ordem alfabética.

Com a esperança de que pudesse resolver o criptograma mais tarde, Blake guardou este volume no bolso do casaco. Muitos dos tomos

---

[20] Livro fictício criado pelo próprio autor H. P. Lovecraft. (N.T.)
[21] Livro fictício criado pelo próprio autor H. P. Lovecraft. (N.T.)
[22] Livro fictício criado pelo próprio autor H. P. Lovecraft. (N.T.)
[23] Livro fictício criado pelo próprio autor H. P. Lovecraft. (N.T.)
[24] Livro fictício criado pelo próprio autor H. P. Lovecraft. (N.T.)
[25] Livro fictício criado pelo próprio autor H. P. Lovecraft. (N.T.)

empilhados nas prateleiras o fascinavam inexprimivelmente, e ele sentiu-se tentado a pegá-los em empréstimo em outro momento. Ele se perguntava como teriam permanecido intactos por tantos anos. Seria ele o primeiro a conseguir superar o medo penetrante que protegia aquele lugar dos visitantes?

Após explorar o andar térreo em sua completude, Blake mergulhou mais uma vez nas ondas de poeira da nave central até o vestíbulo frontal, onde tinha visto uma porta e escada que talvez guiariam à torre negra e ao pináculo, objetos que eram familiares a ele somente a distância. A subida foi uma experiência chocante, pois a poeira era ainda mais grossa, e as aranhas conseguiram proezas não vistas no patamar anterior. A escada era um espiral com degraus altos e estreitos. Vez ou outra, deparava-se com janelas turvas e tentava observar a cidade. Apesar de não ter visto cordas abaixo, esperava encontrar um sino ou repique de sinos na torre, cujas janelas estreitas de lancetas e lanternins tanto haviam sido estudadas por seus binóculos. Mas ele estava fadado à decepção, pois, assim que chegou ao topo da escada, encontrou a torre desprovida de qualquer sino e nitidamente utilizada para outros propósitos.

O cômodo pouco iluminado, de aproximadamente quatro metros e meio, comportava quatro janelas de lancetas, uma em cada canto, envidraçadas com lanternins deteriorados. Sobre elas, telas opacas, porém firmes, haviam sido encaixadas, embora igualmente apodrecidas. No centro do chão empoeirado, emergia um abrigo com um pilar de pedra curiosamente angulado. Tinha um metro e meio de altura e meio metro de diâmetro, coberto por todos os lados com bizarros hieróglifos irreconhecíveis, esculpidos com violência. Nesse pilar, havia uma caixa de metal de formato assimétrico, cuja tampa articulada estava escancarada para trás. Em seu interior, jazia um objeto esférico, ou em formato de ovo, com cerca de dez centímetros e coberto com uma camada grossa de pó de pelo menos uma década. Ao redor do pilar, dentro de um círculo rústico, estavam sete cadeiras góticas de encosto alto, intactas. Atrás delas, ao longo das paredes de painel, sete imagens colossais de gesso escuro e desgastado que se pareciam, mais do que qualquer coisa, com os megálitos crípticos entalhados da Ilha de Páscoa. Em um dos cantos do cômodo cheio de teias havia uma escada que levava à porta trancada, cujo campanário não abrigava sequer uma janela.

À medida que Blake se acostumou à débil iluminação, notou um baixo relevo na estranha caixa de metal amarelado. Tentou limpar a poeira com as mãos e um lenço ao aproximar-se e percebeu que as gravuras eram tão estranhas quanto monstruosas, retratando entidades que, apesar de parecerem vivas, não se assemelhavam a nenhuma forma de vida deste planeta. O objeto esférico de dez centímetros era na verdade um poliedro de um vermelho quase preto e estriado, com muitas superfícies planas e irregulares. Era provavelmente um cristal notável ou então um objeto artificial de matéria mineral intensamente polida e esculpida. O poliedro não tocava o fundo da caixa, mas estava suspenso por uma tira de metal presa ao redor de seu centro, com sete apoios de formato peculiar que se estendiam na horizontal, perpendicular aos ângulos das paredes internas da caixa até o topo. A pedra, uma vez exposta, despertou em Blake uma fascinação alarmante. Ele não conseguia tirar os olhos dela. Olhava para suas faces cintilantes e chegou a pensar que eram transparentes, talvez habitadas por mundos fantásticos. Em sua mente, figuras de orbes incomuns pairavam junto de torres de pedra gigantescas e montanhas titânicas sem nenhum sinal de vida. Ele sentia que estava em lugares ainda mais remotos onde apenas uma agitação em meio ao absoluto escuro denotava a presença de sua consciência e intenção.

Quando afastou o olhar, notou um apanhado de poeira que ainda não percebera em um canto distante junto à escada que levava ao campanário. Ele não sabia explicar o que lhe havia chamado a atenção, mas algo naqueles contornos transmitia uma mensagem ao seu inconsciente. Ao caminhar em direção a ela, enquanto removia as teias que obstruíam sua visão, um pensamento nefasto cruzou sua mente. Sua mão e o lenço logo revelaram a verdade, e, de repente, Blake se sentiu sufocado com uma avalanche de emoções desencontradas. Era um esqueleto humano e deveria estar lá há muito tempo. Sua vestimenta estava em frangalhos, mas alguns botões e fragmentos indicavam um terno masculino de cor cinza. Havia outras evidências além dessas, como os sapatos, fechos de metal, botões avantajados de bainhas arredondadas, alfinetes de formato obsoleto, um crachá de jornalista do antigo *Providence Telegram*, bem como uma caderneta de couro completamente esfacelada. Blake começou a examinar a caderneta com cuidado e encontrou dentro dela diversas folhas de papel sobre assuntos antiquados, um calendário publicitário de celuloide do ano de 1893 e alguns cartões com o nome "Edwin M. Lillibridge" junto de um papel cheio de anotações.

As anotações eram de natureza bastante confusa, portanto Blake as leu com cuidado, aproximando-se das luzes fracas que atravessavam a janela ao oeste. Seu texto desarticulado incluía as seguintes frases:

Prof. Enoch Bowen volta do Egito em 1844 – compra a velha Igreja do Livre Arbítrio em julho – desenvolve famosos estudos e trabalhos no meio arqueológico sobre o ocultismo.

Dr. Drowne do 4a Batista alerta sobre a Sabedoria Estrelada no sermão em 29 dez. 1844.

Congregação 97 no final de 1845.

1846 – 3 desaparecimentos – primeira menção à Trapezohedron Iluminada.

7 desaparecimentos 1848 – começam as histórias de sacrifício com sangue.

Investigação 1853 não resulta em nada – histórias sobre ruídos.

O padre O'Malley conta sobre adoração ao diabo com uma caixa encontrada nas grandes ruínas do Egito – diz que evocam algo que não vive na luz. Liga uma lanterna e é banido por uma forte luz. Tem de ser evocado novamente. Provavelmente conseguiu isso mediante a confissão no leito de morte de Francis X. Feeney, o qual fazia parte da Sabedoria Estrelada em 1849. Essas pessoas dizem que a Trapezohedron Iluminada lhes mostra o céu e outros mundos, e que o Visitante das Trevas lhes conta segredos de alguma maneira.

História de Orrin B. Eddy 1857. Evocam-no fixando o olhar no cristal e usam linguagem secreta própria.

200 ou mais na congregação de 1863, não há homens à frente.

Garotos irlandeses cercam a igreja em 1869 após o desaparecimento de Patrick Regan.

Artigo velado no J. 14 Março de 1872, mas ninguém jamais fala a respeito.

6 desaparecimentos em 1876 – comitê secreto convoca o prefeito Doyle.

Ação prevista para fev. 1877 – igreja fecha as portas em abril.

*Gangue – Os Garotos da Colina Federal – ameaçam o doutor
– e os sacristãos em maio.*

*181 pessoas deixam a cidade antes do final de 1877 – nenhum
nome mencionado.*

*Histórias de fantasmas surgem em 1880 – averiguar a
veracidade dos relatos de que nenhum ser humano entrava
na igreja desde 1877.*

Pedir a Lanigan uma fotografia do local tirada em 1851...

Blake encaixou o papel dentro da caderneta, colocou-o novamente em seu casaco e virou mais uma vez para olhar o esqueleto. As consequências daquelas anotações eram bastante claras, e não restavam dúvidas de que o homem havia entrado na construção quarenta e dois anos antes de Blake em busca de um furo jornalístico que ninguém mais tivera a coragem de obter. Talvez ninguém mais tenha tido conhecimento de seu plano, quem saberia a esta altura? Contudo, ele nunca chegou a voltar com suas anotações. Teria sido acometido por um ataque cardíaco por causa do medo antes suprimido com bravura? Blake inclinou-se sobre os ossos lustrosos e notou seu estado peculiar. Alguns estavam completamente dispersos, e outros dissolvidos nas extremidades. Outros, ainda, estavam amarelados com vestígios de carbonização. A suposta carbonização se estendia aos fragmentos de sua roupa. O crânio estava em um estado ímpar: tinha manchas amareladas e uma perfuração carbonizada no topo como se um tipo de ácido lhe tivesse penetrado o osso cranial. Blake não era capaz de imaginar o que teria acontecido àquele esqueleto nas quatro décadas que seguiram àquele sepultamento profundamente silencioso.

Antes que pudesse dar-se conta, estava absorto uma vez mais pela pedra enquanto permitia que aquela influência evocasse um esplendor em sua mente. Via procissões de figuras encapuzadas vestidas com túnicas cujas silhuetas não pareciam humanas em meio a infindáveis desertos repletos de gigantescos monólitos esculpidos. Via torres e muros sob o oceano profundo da noite e vórtices onde névoas escuras pairavam perante uma espécie de bruma violácea e fria. Sobretudo, avistou uma fenda sem fim na escuridão, onde formas sólidas e semissólidas somente podiam ser vistas por meio de centelhas tempestuosas e de figuras turvas cuja força impunha ordem ao caos. Blake havia descoberto um portal para todos os paradoxos e mistérios dos mundos conhecidos.

De repente, o feitiço se quebrou por força do pânico que o corroeu por dentro. Blake sentiu-se asfixiar e desviou o olhar da pedra, consciente de que uma presença estranha o rondava e observava com intenção maligna. Sentiu-se envolto em algo que não vinha da pedra, mas que o espreitava através dela e que o seguia com um sentido que não era propriamente o da visão física como a conhecemos. O lugar, é claro, começava a incomodá-lo em vista dos achados mórbidos. A luz se esvaía também e, como não tinha nenhum tipo de iluminação artificial, sabia que teria de sair em breve.

Foi então que, em meio à aproximação da noite, pensou ter visto um traço débil de luz que emanava da pedra estranhamente angular. Mais uma vez, tentou desviar o olhar dela, mas uma compulsão obscura atraía sua visão de novo e de novo. Haveria uma fosforescência sutil na radioatividade do objeto? O que significava aquilo que o cadáver tinha escrito sobre a Trapezohedron Iluminada? Que covil do mal era aquele, afinal? O que teria ocorrido lá dentro que poderia ainda causar o afastamento dos pássaros? Agora, parecia que uma pestilência havia surgido nas proximidades, embora não pudesse identificar de onde vinha. Blake apanhou a tampa da caixa que estava aberta e fechou-a imediatamente.

Suas dobradiças se moveram com facilidade, encobrindo a pedra, que reluzia de maneira inequívoca.

Com o som do clique produzido pelo fechamento da caixa, um alvoroço leve pareceu emergir da porta que guiava ao campanário das trevas. Eram ratos, sem sombra de dúvida, os únicos seres vivos ainda presentes naquele lugar amaldiçoado. O alvoroço começou a assustá-lo terrivelmente, e então desceu pelas escadas espiraladas em um único supetão, cruzou a nave central, passou pelo porão abobadado, desembocou em meio à poeira da praça desértica e disparou pelas assombrosas travessas e avenidas da Colina Federal em direção às ruas centrais e às calçadas de tijolos que lembravam sua casa, no bairro da faculdade.

Nos dias que se seguiram, Blake não contou a ninguém sobre sua expedição. Pelo contrário, chafurdou nos livros, examinou registros jornalísticos no centro da cidade e trabalhou no criptograma que constava no volume de couro encontrado na sacristia. A cifra, logo percebeu, não era simples: e, após bastante empenho, teve certeza de que o idioma não era inglês, latim, grego, francês, espanhol, italiano ou alemão. Precisara, é claro, beber dos poços mais profundos de sua estranha erudição.

O ímpeto de observar a paisagem oeste voltou com toda a força, e ele olhava para o campanário negro de antes em meio aos telhados eriçados de um mundo distante, mas não tão fabuloso. Agora, no entanto, havia um ar de terror que o assombrava. Ele sabia das heranças diabólicas que o lugar escondia e, com o conhecimento adquirido, sua visão se rebelou das maneiras mais bizarras. Os pássaros da primavera voltaram e, à medida que observava seus rasantes contra a luz do sol, imaginava qual seria o motivo pelo qual evitavam, como nunca antes, o pináculo triste e isolado. Quando um bando se aproximou do objeto pontiagudo, Blake imaginou que dariam meia-volta e se espalhariam tomados pela confusão causada pelo pânico. Ele podia imaginar os chilros desesperados que em razão da longa distância não chegavam até ele.

Foi em junho que o diário de Blake anunciou a vitória sobre o criptograma. O texto estava escrito, de acordo com suas descobertas, na língua obscura *aklo*[26], usada por algumas antigas e diabólicas seitas, as quais Blake descobriu com certa hesitação por meio de suas pesquisas prévias. O diário era estranhamente reticente acerca das coisas que Blake havia decifrado, mas era correto supor que ele estava aterrorizado e desconcertado com os resultados. Há referências a um Visitante das Trevas que fora despertado durante suas observações da pedra Trapezohedron Iluminada, bem como conjecturas insanas sobre as fendas escuras do caos de onde recebera o nome. Àquele ser era atribuído todo o conhecimento e sacrifícios monstruosos. Alguns registros de Blake denotam medo perante a coisa, que ele relatava ser convocada de um mundo exterior, embora houvesse mencionado as luzes da rua de uma fortaleza que não podia ser atravessada.

Sobre a Trapezohedron Iluminada, Blake a ela se refere com frequência, chamando-a de "janela para todo e qualquer tempo e espaço", referindo-se à história dos dias em que fora criada na escuridão de Yuggoth, antes mesmo que os Povos Primitivos a trouxessem à Terra. A joia estava guardada e localizada em uma curiosa caixa em meio aos crinoides da Antártica, resgatada das ruínas pelos homens-serpentes de Valusia e, mais tarde, vigiada eternamente, em Lemuria, pelos primeiros seres humanos. Ela havia cruzado terras e mares estranhos e afundado com Atlantis até que um pescador minoico a apanhou com sua rede de pesca e a vendeu a comerciantes de pele escura em meio ao crepúsculo da cidade de Khem. O Faraó Nephren-Ka construiu um templo ao redor da pedra com uma cripta sem janela e fez com que seu nome fosse removido de todos os monumentos e registros. A pedra adormeceu nas ruínas do templo do diabo que os padres e o novo faraó

---

[26] Língua fictícia criada pelo autor Arthur Machen, no conto "Povo Branco". H. P. Lovecraft foi influenciado pelas obras e pelo estilo do autor. (N.T.)

haviam destruído até que a pá do escavador mais uma vez a trouxe à tona para amaldiçoar a humanidade.

No início de julho, os jornais complementaram os registros de Blake de maneira tão vaga e casual que seu diário chamou mais a atenção da comunidade a respeito de suas contribuições para o caso do que os periódicos. Parecia que um novo medo rondava a Colina Federal, pois um estranho havia entrado na temida igreja. Os italianos espalharam rumores de alvoroços, batidas e arranhões no campanário escuro e sem janelas e convocaram padres a exorcizarem a entidade que assombrava seus sonhos. Algo, diziam, vigiava à porta constantemente com o intuito de saber se o local era escuro o bastante para adentrar. Alguns artigos da imprensa mencionavam as superstições de longa data do local, mas nunca se aprofundavam na raiz daquele horror. Era óbvio que os jornalistas jovens de hoje não são antiquários. Ao escrever essas coisas em seu diário, Blake expressa um remorso curioso e fala do dever de enterrar a Trapezohedron Iluminada e banir o que ela havia evocado da luz do dia para dentro do terrível pináculo proeminente. Ao mesmo tempo, contudo, demonstra a magnitude perigosa da sua fascinação e admite que nutre um desejo mórbido que penetra seus sonhos para visitar a torre maldita e fixar os olhos nos segredos cósmicos da pedra radiante.

Algum tempo depois, no jornal da manhã do dia 17 de julho, algo causou ao dono do diário uma verdadeira febre de horror. Era apenas uma variante dos outros artigos ligeiramente bem-humorados sobre a inquietude da Colina Federal, mas para Blake era algo terrível. Durante a noite, uma tempestade de raios causara um apagão no sistema de iluminação da cidade por uma hora inteira, e, durante aquele intervalo na escuridão, os italianos quase enlouqueceram de pavor. Aqueles que moravam nas proximidades da antiga igreja juraram que a coisa que habitava o campanário havia se aproveitado da falta de luz e descido ao rol principal da igreja, onde parecia debater-se e chocar-se contra as superfícies de maneira firme e tenebrosa. Ao final, pareceu ter colidido com a torre, onde se ouviram sons de vidros estilhaçados. Poderia ir até onde a escuridão alcançasse, mas a luz sempre o repelia de volta ao campanário.

Quando a eletricidade piscou mais uma vez, houve um estrondo assustador na torre. Uma fraca luz que refletiu pelas imundas janelas de lanternim foi o bastante para que a coisa colidisse e deslizasse para dentro do campanário tenebroso novamente. Isso se deu antes que uma grande dose de luz a tivesse enviado de volta ao abismo de onde o estranho louco a evocara. Na escuridão da noite, a população aflita rezava em volta da igreja, sob a chuva, com velas e lampiões acesos, protegidos por papéis dobrados e guarda-chuvas. Haviam formado uma vigília da luz para salvar a cidade dos pesadelos que perseguiam as noites escuras. Durante o episódio, aqueles que estavam mais próximos da igreja afirmaram que a porta de entrada do local rangeu pavorosamente.

Porém, essa não foi a pior parte. Naquela noite, no jornal *O Boletim*, Blake leu a descoberta dos jornalistas. Motivados pelo furo de notícia de natureza sobrenatural, alguns deles contrariaram as multidões de italianos frenéticos e rastejaram pela janela dos porões da igreja após tentarem, em vão, entrar pelas portas colossais. Perceberam que a poeira do vestíbulo e da nave fantasmagórica estava repousada de maneira peculiar, com buracos de almofadas apodrecidas e os forros de cetim dos bancos curiosamente espalhados. Havia um odor pútrido no ar e fragmentos carbonizados. Ao abrirem a porta da torre, após uma breve pausa devido à impressão de sons de arranhões do andar superior, os jornalistas encontraram, enfim, a escada espiralada, de degraus estreitos, rusticamente varrida.

Na torre, perceberam a mesma condição. Mencionaram o pilar de pedra heptagonal, as cadeiras góticas viradas de cabeça para baixo e as bizarras imagens de gesso, mas, por estranho que fosse, a caixa de metal e o velho esqueleto mutilado não foram mencionados. No entanto, o que mais perturbou Blake, com exceção das manchas, vestígios de carbonização e odores pútridos, foi o detalhe final que explicava os vidros estilhaçados. Todas as janelas da torre de lancetas estavam quebradas, e duas delas haviam sido tampadas de maneira rudimentar e apressada com o mesmo material dos bancos de cetim e crina de cavalo das almofadas, inseridos nas frestas de modo a proteger o exterior dos lanternins entortados. Mais fragmentos de cetim e tufos de crina de cavalo estavam espalhados pelo chão recentemente varrido, como se alguém tivesse sido interrompido durante o remendo da torre para restaurar a completa escuridão antes promovida por cortinas afixadas com firmeza.

Encontraram manchas amareladas e mais fragmentos carbonizados na escada que levava ao pináculo sem janelas, mas, quando um dos jornalistas a escalou, abriu a portinhola e mirou a luz de sua lanterna dentro do espaço escuro e fétido, não viu nada além de escuridão e escombros heterogêneos, sem forma definida, próximos à abertura. O veredito emitido foi "charlatanice". Decerto alguém teria aplicado um trote nos habitantes supersticiosos da colina ou então um fanático teria se esforçado para instigar seus medos para o próprio bem da população. Ou, talvez, um dos habitantes mais jovens e sofisticados teria armado uma farsa para o mundo externo. Mais tarde, como consequência, a polícia enviou um oficial para averiguar os relatos. Três homens sucessivamente conseguiram se esquivar da tarefa, mas o quarto, relutante, foi e logo voltou sem nenhuma explicação para os relatos dados pelos jornalistas.

Deste ponto em diante, o diário de Blake revela uma onda crescente de apreensão e horror vulpino. Ele se culpa por não fazer nada e especula acerca das consequências de outra pane elétrica na cidade. Fora verificado que, em três ocasiões, durante tempestades de raio, Blake telefonou para a empresa de energia em um ímpeto vertiginoso e pediu, com tom de desespero, que precauções fossem tomadas para evitar um novo colapso da eletricidade. Seus registros no diário mostram preocupação com a falha dos jornalistas em encontrar a caixa de metal e a pedra, bem como o velho esqueleto estranhamente carbonizado em meio à exploração da torre sombria. Ele supôs que aquelas coisas tinham sido removidas, no entanto não soube explicar para onde teriam sido levadas, por quem ou como. Seus piores pesadelos começavam a apavorá-lo, e a profana conexão mental que mantinha com aquele horror à sua espreita, dentro do campanário, aquela coisa monstruosa que habitava as noites e que sua precipitação escolheu chamar de "espaços das trevas", apenas crescia. Sentia uma pressão sobre seu próprio arbítrio, e quem o visitava relatava a frequência com que permanecia sentado em sua escrivaninha, o olhar fixo e perdido na paisagem do oeste, em algum lugar daquele monte distante que ostentava um pináculo cravado no solo, para além da névoa de fumaça da cidade. Seus registros relatam pesadelos monótonos e terríveis além de corroborarem o fortalecimento da sua conexão com as trevas durante o sono. Há uma menção a certa noite em que acordou completamente vestido, fora de casa e a caminho da Colina College, ao oeste. Cada vez mais, Blake passava a refletir sobre o fato de que a coisa que reside no campanário sabe exatamente onde o encontrar.

A semana seguinte a 30 de julho é conhecida como o período em que Blake sofreu um apagão parcial. Ele já não se vestia mais e pedia sua comida pelo telefone. Aqueles que o visitavam lembram-se das cordas que mantinha junto à cama. Sua explicação era de que o sonambulismo o havia forçado a amarrar seus tornozelos à cama todas as noites, com nós que o precaveriam ou acordariam à menor tentativa de desfazê-los. Em seus diários, Blake relatou a terrível experiência que lhe causou um colapso. Após recolher-se na noite do dia 30, encontrou-se apalpando um espaço quase inteiramente escuro. Tudo o que pôde ver eram fios horizontais de uma luz curta, fraca e azul. No entanto, com a luz, sentia um fedor intolerável e ouvia uma confusão de sons débeis e furtivos que vinham do alto. A cada vez que tentava mover-se, tropeçava em algo, e cada ruído que ouvia vinha acompanhado de um som acima dele, como se fora em sua resposta: um alvoroço vago, misturado ao som de deslizamento de madeira contra madeira.

Em certo momento, suas mãos ávidas encontraram um pilar de pedra com o topo vazio e, mais tarde, viu-se agarrado aos degraus de uma escada construída em uma parede. Ele buscava seu caminho desnorteado na direção do andar superior, onde o fedor era ainda mais intenso. De repente, uma explosão escaldante o repeliu. Diante de seus olhos, imagens fantasmagóricas de abrangência caleidoscópica brincavam e dissolviam em intervalos ante à figura de um abismo crepuscular, vasto e insondável, onde sóis e mundos ainda mais profundos giravam em um redemoinho. Blake se lembrou das lendas antigas do Caos Universal, em cujo centro jazia o deus tolo e cego Azathoth, o Senhor de Todas As Coisas, cercado por uma horda de criaturas dançantes, amorfas e sem mente que se debatiam, ninadas pelo flautear monótono de um instrumento demoníaco tocado por inúmeras patas.

Em seguida, um som agudo do mundo externo atravessou o seu estado de transe e o despertou para o horror indescritível de sua posição. O que era, jamais soube. Talvez fosse um repique tardio dos fogos de artifício disparados durante o verão na Colina Federal, quando os habitantes reverenciavam seus santos patronos ou os santos das vilas italianas. De qualquer forma, gritou alto e caiu estabanadamente da escada. Sem enxergar nada, tropeçou em meio ao chão obstruído do cômodo em que se encontrava.

Logo percebeu onde estava e lançou-se da escada estreita e espiralada, tropeçando e machucando-se a cada movimento. Em seguida, experimentou a fuga de um pesadelo, passando pela nave central da igreja coberta de teias de aranha, cujos arcos fantasmagóricos pareciam guiar ao reino maligno das sombras, remexeu-se em meio a um porão escuro e repleto de lixo. Escalou serras ao ar livre e caminhou por ruas iluminadas. Correu como um louco por colinas espectrais com pináculos algaraviados e cruzou a cidade escura e lúgubre de torres negras, até finalmente encontrar o barranco ao leste que o levaria à antiga porta de sua casa.

Ao recuperar a consciência, na manhã seguinte, encontrou-se estirado no chão de seu alojamento, completamente vestido. Estava coberto de sujeira e teias de aranha, e cada parte de seu corpo parecia machucada e dolorida. Quando se olhou no espelho, percebeu que grande parte de seu cabelo estava chamuscado, e as peças de roupa dos membros superiores exalavam um cheiro estranho e infernal. Foi neste momento que entrou em choque. Mais tarde, com seu penhoar, sentou-se em frente à escrivaninha e não conseguia fazer mais nada além de olhar através da janela, na direção oeste, e temer uma nova tempestade enquanto alimentava seu diário.

A grande tempestade manifestou-se antes da meia-noite no dia 8 de agosto. Raios irromperam em todas as partes da cidade, um atrás do outro, e duas bolas de fogo memoráveis foram relatadas. A chuva era torrencial, enquanto uma fuzilaria de fogos não permitiu que milhares de habitantes da cidade descansassem. Blake estava agitadíssimo por medo de uma nova pane do sistema elétrico e tentou telefonar à empresa responsável pelo serviço por volta de uma hora da manhã, embora naquele momento o serviço estivesse temporariamente inativo para assuntos relativos a segurança. Ele registrou tudo em seu diário, grandes hieróglifos indecifráveis, trêmulos e nervosos, que nos contam sua própria história de pânico e desespero, e outros tantos registros rabiscados enquanto estava imerso na escuridão.

Ele teve de manter a casa escura para que pudesse enxergar através da janela, e parece que boa parte do tempo passou em sua escrivaninha, observando ansiosamente a chuva, a vastidão de telhados brilhantes do centro da cidade e a longínqua constelação de luzes da Colina Federal. Em certos momentos, fazia anotações desajeitadas em seu diário, como: "As luzes não devem se apagar", "A coisa sabe onde estou", "Preciso destruí-la" e "Está me chamando, mas talvez não corra perigo desta vez", espalhadas por duas páginas de seu diário.

No entanto, as luzes foram abduzidas novamente. Aconteceu às duas horas e dois minutos da manhã, de acordo com os registros da companhia elétrica, mas o diário de Blake não apresenta nenhuma indicação de hora. O registro em seu diário se limitou a "As luzes se foram – Deus me ajude". Na Colina Federal, havia observadores tão ansiosos quanto Blake. Cordões de homens vestidos com capas de chuva ensopadas ao redor da praça e das travessas que circundavam a igreja satânica segurando velas protegidas pelos guarda-chuvas, lanternas a óleo, crucifixos e talismãs obscuros de muitos tipos, comuns no sul da Itália. Eles abençoavam cada raio e faziam sinais crípticos de medo com a mão direita a cada vez que a tempestade enfraquecia suas luzes ou apagava todas elas ao mesmo tempo. Uma rajada de vento dissipou quase todas as velas, e a cena seguinte se deu em meio à ameaça da escuridão. Alguém chamou o padre Merluzzo, da Igreja Spirito Sancto, e ele correu à praça lúgubre para proferir qualquer meia-dúzia de palavras que pudessem ajudar. Os sons bizarros e inquietos que emanavam da torre negra não deixaram nenhuma dúvida.

O que houve às duas e trinta e cinco da manhã foi testemunhado pelo padre, um jovem inteligente e bem-educado, pelo patrulheiro William J. Monoham da Estação Central, por um oficial de alta confiança que parara naquela região para inspecionar a multidão, e pelos mais de setenta e oito homens que haviam se reunido ao redor do muro da igreja sobre o barranco, especialmente aqueles que estavam virados para o lado oeste da fachada. Claro que não havia nada que pudesse ser provado fora das leis da natureza. As possíveis causas daquele evento são muitas. Ninguém pode falar com convicção sobre o processo químico obscuro que teria ocorrido dentro de um velho prédio desértico, abafado e amplo com tantos materiais heterogêneos. Vapores mefíticos, combustões espontâneas, pressões de gases de antigas decomposições, muitos fenômenos poderiam ser responsáveis por tudo aquilo. Além disso, é claro, havia o fator da charlatanice consciente que tampouco poderia ser excluída. A coisa em si era simples e perdurou por não mais do que três minutos. O padre Merluzzo, um homem bastante preciso, não parava de olhar para o relógio.

Começou com o aumento dos sons embaraçados dentro da torre negra. Uma espiração vaga de odores diabólicos que havia se tornado ainda mais proeminente e repugnante. De repente, ouviu-se um som de estilhaço de madeira, e um objeto grande e pesado caiu sobre o pátio, abaixo da fachada carrancuda do lado leste. A torre era invisível agora que as velas haviam se apagado, mas, à medida que o objeto se aproximou do chão, as pessoas notaram que eram as tábuas de lanternim imundas da janela do mesmo lado da torre.

Em seguida ao ocorrido, um fedor intolerável se espalhou das alturas, sufocando e nauseando os observadores amedrontados e levando aqueles que estavam na praça a quase se contorcerem. Ao mesmo tempo, o ar vibrou e ondulou como se grandes asas tivessem batido. Um sopro repentino de vento do leste ainda mais violento do que qualquer outra rajada arrancou os chapéus e tragou os guarda-chuvas ensopados da multidão. Nada identificável podia ser visto em meio à noite desprovida de luzes, embora alguns espectadores que olhavam para o alto pensassem ter visto uma figura borrada, negra e densa, no céu tingido de preto, algo como uma nuvem de fumaça sem formato definido que disparou com uma velocidade meteórica na direção leste.

Isso foi tudo. Os observadores ficaram anestesiados de medo, surpresa e desconforto e não sabiam como agir ou se deveriam fazê-lo de alguma maneira. Sem saber o que havia se passado, não flexibilizaram a vigília, e um instante mais tarde, quando um raio agudo e tardio, seguido de uma colisão ensurdecedora, tomou conta dos céus, entoaram uma reza. Meia hora depois, a chuva parou e, quinze minutos mais tarde, as luzes da rua voltaram, enviando os observadores aliviados, enlameados e cansados para suas casas.

Os jornais do dia seguinte deram pouca atenção a esses fatos em comparação com os relatos sobre a tempestade em geral. Parece que o grande clarão e a explosão ensurdecedora que seguiram os acontecimentos da Colina Federal foram ainda mais impactantes na direção leste, onde um rompante daquele peculiar odor também foi relatado. O fenômeno foi ainda mais acentuado sobre a Colina Federal, em que o estrondo acordou todos os habitantes que dormiam e provocou especulações desencontradas. Dentre aqueles que já estavam acordados, apenas alguns foram capazes de observar o rastro de luz anômalo próximo ao topo da colina ou de notar a inexplicável rajada de vento do alto que quase despiu as árvores e soprou as plantas dos jardins. Chegaram à conclusão de que o raio de luz repentino e solitário havia atingido algum lugar da vizinhança, apesar de não terem encontrado nenhum vestígio posteriormente. Um jovem na casa de fraternidade Tau Ômega pensou ter visto uma massa grotesca e assombrosa no ar que precedeu a explosão de luz, mas sua narrativa não foi verificada. Todos os escassos observadores, no entanto, concordaram em relação à ventania do oeste e à torrente de fedor insuportável que antecederam o estrondo tardio. Enquanto isso, evidências a respeito do odor de combustão momentâneo logo após o estrondo são quase unanimidade.

Esses pontos foram discutidos com bastante cautela, pois há uma provável conexão entre eles e a morte de Robert Blake. Os alunos da Casa Psi Delta, cujas janelas superiores de trás encaravam as do quarto de Blake, perceberam um rosto pálido e turvo na janela oeste na manhã do dia nove e perguntaram-se o que poderia ter havido. Quando viram a feição na mesma posição naquela tarde, ficaram intrigados e preferiram esperar as luzes voltarem ao apartamento de Blake. Em seguida, tocaram a campainha do apartamento, mergulhado na escuridão, e chamaram um policial para arrombar a porta.

O garoto, rígido, estava perfeitamente sentado à escrivaninha. Quando os intrusos notaram os olhos vidrados e arregalados do rapaz, bem como vestígios do medo convulsivo e tenebroso em sua feição, foram embora tomados por uma forte ojeriza. Pouco tempo depois, o médico legista realizou uma autópsia no corpo e, apesar de a janela não estar quebrada, relatou um choque elétrico ou uma tensão nervosa induzida por uma descarga elétrica como *causa mortis*. A horrenda expressão foi ignorada. Considerou-a apenas como um resultado provável do profundo choque experimentado por uma pessoa de imaginações anormais e emoções desequilibradas. Essas últimas informações foram deduzidas pelos livros, quadros e manuscritos encontrados no apartamento do rapaz, bem como dos rabiscos em seu diário sobre a mesa. De fato, o último rabisco frenético de Blake havia sido prolongado, e a ponta do lápis quebrada fora encontrada cravada espasmodicamente em sua mão direita, contraída.

Após a queda da energia, os registros pareciam bastante desencontrados e parcialmente legíveis. A partir deles, alguns investigadores tiraram conclusões que diferiam bastante do veredito materialista oficial, porém tais especulações são pouco creditadas pelos mais conservadores. O caso desses teoristas imaginativos não foi corroborado pelo supersticioso doutor Dexter, o qual lançou a caixa intrigante e a pedra angular no canal mais profundo da baía Narragansett, já que aquele era um objeto de brilho próprio como fora visto no campanário negro sem janelas onde havia sido encontrado. Imaginações excessivamente férteis e um desequilíbrio neurótico pela parte de Blake, agravados pelo conhecimento da seita diabólica de eras passadas, cujos traços alarmantes descobrira, formavam a interpretação para aqueles rabiscos desvairados. Os registros são os seguintes, ou tudo aquilo que se pôde concluir com base neles:

As luzes se foram há quase cinco minutos. Tudo depende do raio. Com a graça de Yaddith, será reparada. Alguma influência parece estar tentando entrar... Chuva, trovões e ventos ensurdecedores... A coisa está dominando a minha mente...

Minha memória falha. Vejo coisas que não via antes. Outros mundos e outras galáxias... escuridão... a luz parece escuridão, e a escuridão parece luz.

Não devem ser as verdadeiras colina e igreja o que vejo em meio à escuridão. Deve ser uma impressão da retina deixada pelos clarões das luzes. Tomara que os italianos estejam lá fora com suas velas acesas quando os raios se forem!

O que temo? Não foi um avatar de Nyarlathotep o qual, na cidade sombria e antiga de Khem, adquiriu a forma de homem? Lembro-me de Yuggoth, e Shaggai mais distante, e o vazio dos planetas escurecidos...

O voo longo e sinuoso pelo vazio... não posso cruzar o universo de luz... recriado pelos pensamentos absorvidos da Trapezohedron Iluminada... enviada pelos horríveis abismos de radiação...

Meu nome é Blake, Robert Harrison Blake, do número 620, Rua East Knapp, Milwaukee, Wisconsin... estou neste planeta...

Azathoth, tenha misericórdia! O raio deixou de emanar luzes... que horrível... vejo tudo com um sentido monstruoso que não é a visão, a luz parece escura e a escuridão parece iluminada... aquelas pessoas na colina... vigiam... velas e talismãs...padres...

Senso de distância perdido, o que está longe parece estar perto, e o que está perto parece estar longe. Nenhuma luz, nenhum vidro, vejo o campanário, a torre, a janela, ouço Roderick Usher, estou louco ou enlouquecendo, a coisa está se remexendo e sacudindo dentro da torre.

Eu sou ela, e ela sou eu. Quero sair... preciso sair e unificar as forças... ela sabe onde estou.

Eu sou Robert Blake, mas vejo a torre no escuro. Um cheiro repugnante... sentidos transfigurados... protegendo a janela da torre... se quebrando e rompendo... Iä... ngai... ygg...

Eu vejo, está se aproximando daqui, vento dos infernos... névoa titânica... asas negras... Yog Sothoth, salve-me, três olhos em chamas...

FIM

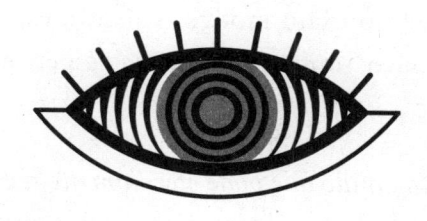

A CIDADE SEM NOME

Quando me aproximei da cidade sem nome, sabia que ela era amaldiçoada. Eu estava viajando por um vale ressequido e mal-assombrado sob o luar, e a avistei ao longe. Vi projetar-se estranhamente acima da areia como os membros de um cadáver se projetam em uma cova malfeita. O medo exalava das pedras desgastadas pelo tempo naquela velha cidade que sobrevivera ao dilúvio, parente ancestral da mais antiga das pirâmides, e, ao mesmo tempo, uma aura invisível me repelia como se tentasse afastar-me de segredos antigos e sinistros que nenhum homem deveria ousar ver, e de fato nunca havia visto.

Remota, no deserto Arábico, jazia a cidade sem nome: em ruínas e indistinta, com seus muros baixos quase encobertos pela areia de épocas distantes. Deveria estar lá, portanto, antes mesmo que as primeiras pedras de Mênfis foram assentadas ou que os tijolos da Babilônia foram queimados. Não há lenda tão antiga quanto esta que seja capaz de batizá-la com um nome ou que dê conta de seus dias de vida. No entanto, é descrita aos sussurros ao redor de fogueiras e rumorejada pelas avós dentro das tendas de xeiques, de modo que todas as tribos a evitam até hoje sem saberem o exato motivo. Foi com este lugar que Abdul Alhazred, o poeta louco, sonhou na noite da véspera em que cantou seu dístico misterioso:

Não jaz morto aquilo que pode eternamente repousar
Com o passar das eras, a morte pode, enfim, suspirar.

Eu deveria saber que os árabes tinham uma boa razão para evitar a cidade sem nome. Ela era conhecida pelos contos macabros, mas jamais vista por algum ser humano. Mesmo assim, desafiei as probabilidades e viajei ao local jamais pisado em cima do meu camelo. Solitário, avistei-a, e esta é a exata razão pela qual meu rosto abriga tantos traços horríveis de pavor. É também o motivo pelo qual nenhum outro homem teme tão intensamente quanto eu quando os ventos da noite uivam na superfície das janelas. Assim que me deparei com ela, na imobilidade fantasmagórica da eternidade dos sonhos, ela me olhou de volta, fresca, sob a luz do luar em meio ao coração do deserto. E, ao olhar de volta, esqueci o peso do triunfo em encontrá-la e parei com o meu camelo para aguardar o raiar do dia.

Esperei durante horas até que o leste se tornasse cinza e as estrelas se esvanecessem. Então, o tom acinzentado incorporou uma luz rosácea nas extremidades, embebida em dourado. Ouvi um lamento e vi uma tempestade de areia rebuliçar entre as pedras antigas, embora o céu estivesse límpido e a vastidão do deserto permanecesse ainda intacta. De repente, no horizonte distante daquela paisagem, as bordas de fogo do sol despontaram através da tempestade de areia que circulava. Em meu estado fervoroso, imaginei que de alguma profundeza remota um estrondo musical metalizado emergiria para reverenciar o círculo incandescente à medida que Mêmnon[27] o consagraria das margens

---

[27] Segundo a mitologia grega, Mêmnon é filho de Eos e Títono. Os Colossos de Mêmnon são estátuas construídas há 3.400 anos, em Luxor, e guardam o templo funerário do faraó Amenófis III. (N.T.)

do rio Nilo. Meus ouvidos ressoavam e minha imaginação fervilhava conforme eu norteava meu camelo vagarosamente através da areia em direção àquele local emudecido, contemplado apenas por mim, entre todos os homens vivos.

Entrava e saía de construções de casas indefinidas. Vaguei, sem jamais encontrar qualquer gravura ou inscrição que me contasse sobre aqueles homens, se é que eram homens, os quais construíram a cidade e a habitaram tanto tempo atrás. A antiguidade daquele local era nociva, e desejei encontrar qualquer sinal ou dispositivo que provasse que a cidade havia sido de fato construída por seres humanos. Certas proporções e dimensões nas ruínas me incomodavam. Com as minhas múltiplas ferramentas, cavei as paredes dos edifícios obliterados, sem muito sucesso, e não pude encontrar nenhuma informação significativa. Com o retorno da noite e da lua, senti um vento gélido que me trouxe uma nova sensação de medo. Não ousei permanecer na cidade. Porém, enquanto saía por uma das antigas paredes a fim de dormir, uma pequena tempestade de areia pareceu suspirar e se formou atrás de mim, soprando as pedras cinzas conforme a Lua reluzia sobre o deserto que permanecia inerte.

Despertei na manhã do dia seguinte após uma sequência de sonhos terríveis. Meus ouvidos ressonavam um repique metálico. Vi o sol púrpura espreitar através dos últimos sopros de uma pífia tempestade de areia que pairava sobre a cidade sem nome, marcando a quietude do restante da paisagem. Mais uma vez, aventurei-me entre as ruínas protegidas infladas por baixo da areia como um ogro coberto por uma manta, e novamente cavei o solo em busca de relíquias de uma raça esquecida. Ao meio-dia descansei e durante a tarde devotei boa parte do tempo vasculhando a cidade e suas ruas longínquas, bem como a silhueta das construções quase dissolvidas pelo tempo. Notei que a cidade havia sido grandiosa, de fato, e questionei de onde vinha tamanha magnitude. Em minha mente, imaginava os esplendores de uma era tão distante que Caldeia[28] sequer poderia se lembrar. Também pensei sobre Sarnath[29], a condenada, que ficava nas terras de Mnar quando a humanidade era ainda jovem, bem como sobre Ib, esculpida em pedra cinza antes mesmo que a humanidade surgisse.

De uma só vez, cheguei a um lugar onde uma formação rochosa erguia-se, acabrunhada, através da areia, formando uma pequena falésia. Aqui, via com alegria uma possível promessa de novos vestígios da população antediluviana. Talhadas rusticamente na face da falésia estavam as fachadas inconfundíveis de casas ou templos baixos que pareciam estar de cócoras diante de mim, cujos interiores certamente abrigavam muitos segredos de eras remotas demais para qualquer cálculo, embora tempestades houvessem obliterado a maior parte exterior das pedras esculpidas.

Rasteiras e praticamente engolidas pela areia, eu via todas as aberturas sombrias, ao meu alcance. Varri uma delas com a minha pá e rastejei dentro de seu interior, munido de uma tocha que me auxiliaria com os mistérios nela hospedados. Lá dentro, concluí que a caverna era de fato um templo e observei os sinais claros de uma espécie que havia contemplado e vivido naquele lugar, antes mesmo que o deserto fosse deserto. Não faltavam altares primitivos, pilares e nichos, todos curiosamente rasos, e, apesar de não ter visto esculturas ou afrescos, havia muitas pedras singulares, lapidadas de maneira artificial em formato de símbolos. A baixeza da câmara esculpida era bastante estranha, pois eu mal conseguia manter-me ereto sobre os joelhos, mas a área era tão ampla que a minha tocha apenas mostrava uma porção por vez. Estremeci de maneira sinistra ao passar por alguns cantos, pois certos altares e pedras sugeriam ritos esquecidos de natureza inexplicável, repugnante e terrível, fazendo-me refletir a respeito das características dos seres humanos

---

[28] Cidade da antiguidade que compreendia a região atual do Iraque, Síria e Turquia. (N.T.)
[29] Cidade localizada na Índia, a 13 quilômetros de Varanasi. (N.T.)

que teriam construído e frequentado aquele templo tão peculiar. Após escrutinizar tudo o que o local tinha a oferecer, rastejei para fora, ávido por descobrir a que seriam destinados tais monumentos.

A noite visitava-me novamente, no entanto todas as coisas tangíveis que tinha visto apenas fortaleceram ainda mais a minha curiosidade, acima do medo que sentia, portanto não fugi das vastas sombras produzidas pela lua que me haviam atemorizado assim que cheguei à cidade sem nome. Sob o crepúsculo, varri outra abertura e, com uma nova tocha, rastejei em seu interior. Encontrei mais pedras e símbolos vagos, embora o novo templo não abrigasse nenhum vestígio mais concreto do que o anterior. O espaço tampouco era mais raso do que o outro, porém decerto era maior, terminando em uma passagem bastante estreita com um santuário obscuro e críptico. Ao bisbilhotar a região, pude ouvir o ruído do vento e de meu camelo lá fora, sons que irromperam em meio à inércia e me atraíram para o exterior daquele local. Resolvi sair para averiguar o que assustava o animal.

Ao sair, notei que a lua cintilava sobre as ruínas primitivas, iluminando uma densa nuvem de areia que pairava com a ajuda de uma ventania forte, porém decrescente, em algum ponto sobre a falésia adiante. Eu sabia que só poderia ser um vento gélido e arenoso que havia perturbado o pobre camelo e agora o guiaria a um abrigo mais calmo. No entanto, assim que consegui olhar naquela direção, percebi, atônito, que não havia vento algum sobre a falésia. Fui tomado por um sentimento de surpresa e pavor ao mesmo tempo, lembrando-me em seguida das repentinas ventanias que havia presenciado e ouvido antes do nascer e do pôr do sol, e julguei que aquele seria mais um evento corriqueiro. Concluí que vinha de alguma fissura rochosa que levaria a outra caverna e, então, pus-me a observar a areia turbulenta delatar sua fonte. Logo, percebi que o ar revolto vinha de um orifício negro de um templo distante, ao sul, quase a perder de vista. Contra o golpe de vento arenoso e em direção ao monumento, caminhei devagar, e este pareceu expandir voluptuosamente à medida que me aproximei, indicando uma entrada muito menos obstruída por montanhas de areia em comparação com os templos anteriores. Eu estava prestes a entrar quando a força magnífica do vento glacial quase embebedou a tocha que eu empunhava. Aparvalhado, corri para fora, buscando fôlego e, sobretudo, estarrecendo-me ao notar que o vento pulverizava a areia, e esta se espalhava pelas ruínas misteriosas. Logo, ele minguou, a areia voltou ao seu estado de inércia, e tudo volveu calmo novamente. Contudo, senti uma presença, à minha espreita, em meio às pedras da cidade, e, quando olhei na direção da lua, ela pareceu tremeluzir como se espelhada em água turvas. Eu sentia um medo tão forte que era incapaz de defini-lo, porém não forte o bastante para saciar a minha sede investigativa. Assim que o vento amansou quase por completo, atravessei a câmara escura de onde ele parecia nascer.

Aquele templo, como havia imaginado antes de adentrá-lo, era maior do que os dois outros em que eu já estivera, e presumi tratar-se de uma caverna natural, já que acolhia ventos de outra região. Aqui, conseguia permanecer em pé, ereto, mas via que as pedras e os altares eram tão baixos quanto aqueles dos outros templos. Nas paredes e no telhado, eu contemplava pela primeira vez os traços da arte pictórica de uma raça antiga, bem como curiosos rastros de tinta curvilíneos quase desbotados ou apagados por completo em dois dos altares. Observei com progressiva excitação um labirinto de entalhes encurvados e pré-históricos. À medida que aproximei a tocha da parede, no alto, o formato do telhado pareceu-me regular demais para ser natural, e então indaguei qual seria a ocupação primária daqueles exímios esculpidores de pedra. Eu tinha uma única certeza: a de que haviam desenvolvido vastas habilidades de engenharia.

Em seguida, uma faísca ainda mais reluzente da fantástica chama denunciou aquela forma que eu estava procurando, uma abertura para aqueles abismos ainda mais remotos de onde os ventos sopravam. Senti-me fraco à medida que percebi que aquilo era uma porta pequena e artificial entalhada em meio à rocha sólida. Posicionei a tocha junto à abertura, percebendo um túnel escuro com o teto baixo e abobadado acima de um lance de longas escadas descendentes, diminutas e íngremes. Sempre vejo esses degraus em meus sonhos, pois mais tarde pude descobrir o que significavam. Naquele momento, mal sabia se poderia chamá-los de degraus ou meros pontos de apoio em uma descida clivosa. Minha mente vertiginava com pensamentos loucos, e as palavras e alertas dos profetas árabes pareciam flutuar pelo deserto desde a terra conhecida pelos homens até a cidade sem nome que nenhum homem jamais ousara conhecer. Ainda assim, hesitei por um momento antes de avançar pelo portal e descer cautelosamente pela passagem alcantilada, posicionei meus pés à frente, como se estivesse descendo por uma ladeira.

Apenas sob o terrível desvario provocado por entorpecentes ou por uma forte alucinação é que qualquer pessoa poderia realizar tal descida. A passagem estreita guiava-me abaixo como se fora um horrendo poço mal-assombrado, e a tocha que eu segurava acima da cabeça não era capaz de iluminar as profundezas desconhecidas para as quais eu rastejava. Perdi a conta das horas e esqueci de consultar o relógio, apesar de estar apavorado ao menor pensamento acerca da distância que havia percorrido. Percebi mudanças na direção e no grau de inclinação do declive, e em certo momento alcancei uma passagem baixa, longa e nivelada, onde tive de retorcer meus pés adiante pelo solo rochoso, agarrado à tocha na distância dos meus braços e acima da cabeça. O local não era alto o bastante para que eu pudesse me ajoelhar. Portanto, avancei mais alguns degraus íngremes, engatinhando até que a chama da tocha cessou. Sequer notei o momento exato em que a luz se foi, pois eu continuava segurando-a no alto como se ainda queimasse. Senti-me de certa forma desconfortável com tal instinto esquisito e desconhecido de vagar sobre a terra como um errante em meio a um lugar proibido, macróbio e remoto.

Na escuridão, fragmentos do meu estimado tesouro de origem demoníaca piscavam diante dos meus olhos, frases do árabe louco, Alhazred, parágrafos dos pesadelos apócrifos de Damáscio[30] e trechos infames do delirante *Image du Monde*, de Gauthier de Metz[31]. Eu repetia excertos estranhos e sussurrava coisas sobre Afrasiab[32] e seus demônios, que flutuavam com ele na direção do rio Oxo. Depois, entoava trechos dos cânticos derivados do conto do Senhor Dunsany[33], chamado *A Escuridão Silenciosa do Abismo*. Em certo momento, quando a descida se tornou ainda mais íngreme, cantarolei uma passagem de Thomas Moore[34] até o momento em que o medo me calou por completo:

Um açude de escuridão, completamente negro
Como o caldeirão de uma bruxa quando preenchido com
    entorpecentes lunáticos sob o eclipse destilado
Inclinado para vigiar se algum pé passaria por aquele precipício,
    enxerguei, nas profundezas, onde a minha visão chegava
Lados sobressalentes tão suaves como vidro, com aparência de
    recém-envernizados
E em meio àquele betume, jazia o Trono do Arremesso da Morte,
    sobre sua orla visguenta.

O tempo havia deixado de existir quando meus pés sentiram o chão novamente e encontrei-me em um local ligeiramente mais alto do que

---

[30] Filósofo grego da antiguidade. (N.T.)
[31] Sacerdote e poeta francês da era medieval. (N.T.)
[32] Personagem da mitologia iraniana. (N.T.)
[33] Pseudônimo de Edward John Plunkett Dunsany, poeta e dramaturgo que publicou textos do gênero de terror, ficção científica, entre outros. (N.T.)
[34] Autor e compositor irlandês, publicou diversos títulos no século XVIII e XIX. (N.T.)

os cômodos dos outros dois templos, agora, muitas vezes mais alto do que minha cabeça. Eu não conseguia permanecer em pé, mas conseguia ajoelhar-me, e, em meio ao escuro, consegui me mexer e rastejar aqui e acolá de maneira arbitrária. Logo, percebi que estava em uma passagem estreita, em que caixas de madeira com redomas de vidro percorriam todo o comprimento da parede. Naquele lugar abismal e paleozoico, eu podia tatear madeira polida e vidro e, então, comecei a tremer diante daquele presságio. As caixas estavam aparentemente dispostas ao longo de cada lado da passagem, em intervalos regulares, e eram oblongas e horizontais, em tudo semelhantes ao tamanho e formato de caixões. Quando tentei mover duas ou três para melhor examiná-las, percebi que estavam presas firmemente.

Vi que a passagem era longa, então segui adiante enquanto rastejava com rapidez. Aquela cena teria sido horrível caso testemunhada em meio à escuridão, em que eu cruzava de um lado a outro em movimentos esparsos para apalpar os meus arredores e assegurar-me de que as paredes e fileiras de caixas se estendiam avante. Nós, homens, estamos tão acostumados a pensar visualmente que quase me esqueci da escuridão e imaginei o corredor infinito de madeira e vidro com seu abotoamento monótono conforme o observava. E, depois, em um momento de emoção indescritível, finalmente enxerguei o que representavam as caixas.

Em que momento a minha imaginação se transformou em visão, não me lembro, mas havia um brilho gradual acima de mim. De repente, eu soube que tinha visto a silhueta turva de um corredor com caixas, reveladas por uma fosforescência subterrânea e alheia. Durante algum tempo, tudo parecia exatamente como eu havia imaginado, pois aquele brilho era fraco; ainda assim, continuei com dificuldade, como se estivesse atado a uma inércia mecânica na direção da luz. Dei-me conta de que minha mente parecia flébil. Este rol não era um relicário de crueldade como os templos da cidade acima do solo, mas um monumento da arte mais magnificente e exótica de sua época. Desenhos ricos, vívidos e fantásticos, bem como outras figuras, formavam um esquema contínuo de murais adornados, cujas linhas e cores estavam além da minha descrição. As caixas eram feitas de madeira e pintadas com um tom dourado estranho. Havia espécies de vitrines construídas com um vidro magnífico, guardando formas mumificadas de criaturas que extrapolavam em diversos graus de bizarrice os sonhos mais caóticos.

Descrever minimamente aquelas criaturas é algo impossível; eram répteis com corpos que sugeriam algum parentesco com os crocodilos em alguns momentos, e com as focas em outros, mas em geral pareciam algo de que nenhum naturalista ou paleontólogo jamais ouvira falar. Em termos de tamanho, pareciam homens diminutos, e suas pernas dianteiras dispunham, curiosamente, de pés aparentes e delicados tal e qual mãos e dedos humanoides. Entretanto, o mais estranho de tudo eram suas cabeças, cujo contorno violava todos os princípios biológicos conhecidos. Não podiam ser comparadas a nada, lembravam ao mesmo tempo gatos, rãs-touro, o mítico sátiro[35] e os humanos. Nem mesmo Júpiter tinha uma testa tão colossal e protuberante; ainda assim, os chifres, a falta de nariz e a mandíbula de jacaré lhes colocavam em uma categoria distinta daquelas estabelecidas pelos homens. Eu debatia comigo mesmo sobre a realidade daquelas múmias, suspeitando que fossem ídolos parcialmente artificiais, mas logo concluí que eram uma espécie paleológica que havia habitado a cidade sem nome quando ainda estava viva. Para coroar tamanha grotesquidão[36], muitas delas usavam túnicas fabricadas com tecidos caros e ornados de maneira extravagante, com ouro, joias e metais brilhantes e desconhecidos.

---

[35] Figura da mitologia grega que amalgama características de homem e de bode. (N.T.)
[36] Neologismo criado com a palavra "grotesco" e o sufixo "ão", amplamente utilizado como aumentativo de algumas palavras na língua portuguesa. (N.T.)

A importância daquelas criaturas rastejantes devia ser sublime, pois estavam dispostas em local de destaque em meio aos desenhos exóticos das paredes adornadas e do teto. Com habilidade inigualável, o artista as havia desenhado em seu próprio mundo, com cidades e jardins construídos para satisfazer aquelas dimensões. No entanto, eu não podia evitar pensar que aquela história pintada era senão alegórica, talvez retratando a evolução da raça que os contemplou em devoção. Aquelas criaturas, pensava comigo mesmo, eram para os homens da cidade sem nome o que a Loba Capitolina[37] havia sido para Roma ou o que alguns totens em formato de bestas haviam sido para as tribos indianas.

Sob esta perspectiva, pude apurar de maneira rústica a natureza épica e maravilhosa da cidade sem nome, o conto de uma metrópole litorânea que dominou o mundo antes mesmo que a África pudesse nascer entre as ondas. Era um conto sobre a luta de uma cidade pela sobrevivência à medida que o mar secava e o deserto tomava conta do vale fértil de outrora. Vi suas guerras e trunfos, suas adversidades e fracassos, e mais tarde vi seu combate fervoroso contra o avanço do deserto quando milhares de pessoas, aqui representadas de maneira alegórica por répteis grotescos, obrigaram-se a construir um caminho por entre as rochas de maneira esplêndida até outro mundo, guiados por seus profetas. Tudo era vividamente estranho e realista, e sua conexão com a descida maravilhosa, a qual eu havia percorrido, era inconfundível. Pude reconhecer grande parte das passagens que atravessei.

À medida que caminhei pelo corredor em direção à luz mais forte, vi registros mais recentes daquela história épica, como a despedida de uma raça que havia habitado a cidade sem nome, e o vale ao seu redor, por dez milhões de anos. Uma raça, há tanto tempo estabelecida como nômade desde os primórdios da Terra, cujas almas esvaíram de seus corpos e esculpiram na rocha virgem aquele santuário primitivo, o qual

---

[37] A Loba Capitolina é uma estátua que representa os irmãos Rômulo e Remo sendo alimentados pelo animal. É o símbolo de Roma. (N.T.)

jamais haviam deixado de contemplar. Agora que a luz parecia auxiliar um pouco mais, estudei as imagens mais de perto e, lembrando que os estranhos répteis representavam possivelmente homens desconhecidos, pensei a respeito das tradições da cidade sem nome. Muitas coisas eram peculiares e inexplicáveis. A civilização, a qual aprendera o alfabeto, havia se desenvolvido ainda mais em comparação às inúmeras civilizações tardias do Egito e Caldeia, entretanto algumas omissões me intrigavam. Eu não conseguia, por exemplo, encontrar alguma imagem que representasse a morte ou seus ritos funerais, exceto quando relacionados à guerra, à violência e às pragas, e me questionava sobre aquela reticência em relação às mortes naturais. Era como se houvesse um ideal de imortalidade nutrido como uma ilusão encorajadora.

Ainda mais perto da passagem, havia cenas pitorescas e extravagantes, visões contrastantes da cidade sem nome em meio à deserção e à ruína engolidora, bem como cenas do novo reino do paraíso a caminho do qual a raça esculpira seu curso no interior das pedras. Nestas novas cenas, a cidade e o deserto eram retratados sempre sob a luz do luar, nimbos dourados pairando sobre as paredes caídas que revelavam de maneira parcial a perfeição esplêndida de tempos passados, simbolizados de forma espectral e elusiva por aquele artista. As cenas paradisíacas eram quase extravagantes demais para serem abonadas, pois mostravam um mundo escondido de dias eternos, com cidades gloriosas, bem como colinas e vales etéreos. Por último, pensei ter visto sinais de um anticlímax artístico. As pinturas perderam certa destreza e pareceram muito mais bizarras do que as antigas cenas mais exóticas.

As figuras pareciam registrar uma lenta decadência daqueles ancestrais; em contrapartida, a ferocidade direcionada ao mundo exterior do qual haviam sido expulsos pelo deserto era crescente. A aparência das pessoas, sempre retratadas como répteis sagrados, parecia gradativamente desgastada, embora seus espíritos pairassem acima das ruínas sob a luz do luar em maiores proporções. Padres emaciados, representados como répteis com túnicas ornamentadas, amaldiçoavam o ar do andar superior, bem como todos aqueles que o respiravam. Em uma terrível cena final, via-se um homem de feições primitivas, talvez um pioneiro de Irem, a Cidade dos Pilares, mutilado pelos membros de uma raça mais antiga. Lembrei como os árabes temiam a cidade sem nome e sentia-me satisfeito, pois as paredes e o teto acinzentados eram visíveis fora daquele lugar.

Conforme observava a história retratada no mural, aproximei-me do fim do rol de teto baixo e estava ciente de que havia um portão pelo qual a iluminação fosforescente vazava. Rastejando por ele, gritei, tomado por um êxtase transcendente diante do que jazia à minha frente, pois, em vez de outras câmaras mais iluminadas, havia apenas um vazio infinito de radiação uniforme, o mesmo que se vê ao olhar para baixo do Monte Everest, na direção do mar, sob uma névoa ensolarada. Atrás de mim, havia uma passagem tão comprimida que eu mal podia permanecer em pé e, adiante, um brilho subterrâneo imensurável.

Ao descer pela passagem, na direção do abismo, encontrei um lance de escadas com inúmeros degraus estreitos como os que atravessara outrora. No entanto, alguns metros abaixo, o vapor parecia neblinar tudo. Aberta, diante de mim, porém para o lado esquerdo da passagem, havia uma porta de latão, incrivelmente grossa e decorada com fantásticos adornos de baixo-relevo que, fechada, esconderia o mundo de luz dos cofres e passagens de pedra. Olhei para os degraus e, naquele instante, não ousei pisá-los. Toquei a porta de latão e não conseguia movê-la. Depois, mergulhei, debruçado no chão de pedra com a minha mente incendiada por reflexões prodigiosas cujas chamas nem mesmo a exaustão da morte seria capaz de extinguir.

Enquanto permaneci ali, com os olhos fechados, muitas coisas que eu havia notado nos afrescos começaram a irromper em minha mente, mas com uma significância nova e terrível: cenas que representavam a cidade sem nome em seu apogeu, no tempo em que as vegetações do vale ainda o circundavam, assim como as terras distantes repletas de mercadores. A alegoria das criaturas rastejantes me intrigava pela incontestável proeminência, mas eu questionava se tal representação caminhava ao lado daquela gloriosa história retratada. Nos afrescos, a cidade sem nome havia sido representada em proporções semelhantes às dos répteis. Eu refletia sobre as proporções reais, sobre a magnificência e sobre certas incoerências que havia notado nas ruínas. Refleti curiosamente sobre a pequenez dos templos primais e dos corredores subterrâneos, os quais haviam sido esculpidos em consideração aos deuses répteis ali homenageados, embora forçassem a redução dos adoradores ao rastejamento. Talvez os próprios ritos aqui envolvessem o ato de rastejar em imitação às criaturas. Nenhuma teoria religiosa, entretanto, poderia explicar com facilidade o motivo pelo qual as passagens niveladas naquela descida impressionante seriam tão baixas quanto os templos, quiçá ainda mais baixas, já que sequer se podia ajoelhar dentro delas. À medida que pensava sobre as criaturas rastejantes, cujas formas horrendamente mumificadas estavam tão próximas a mim, senti novo rompante de medo. Associações mentais são tão curiosas que mergulhei na ideia de que, salvo pelo homem primitivo despedaçado no último quadro, a minha era a única silhueta humana dentre todos os símbolos e relíquias daquela vida ancestral.

No entanto, como sempre, em minha existência estranha e errante, a minha perplexidade afugentou o medo, pois o abismo luminoso e tudo o que ele poderia conter apresentavam um enigma direcionado a grandes exploradores. Não restavam dúvidas sobre o fato de que um mundo bizarro repleto de mistérios jazia nas profundezas, abaixo daquelas escadas peculiares e estreitas. Eu esperava encontrar homenagens aos humanos, as quais aquele corredor ornamentado havia deixado de proporcionar. Os afrescos representavam cidades inacreditáveis e vales naquele reino baixo, mas meus pensamentos habitavam as ruínas prolíferas e colossais que me esperavam.

Meus medos, de fato, relacionavam-se ao passado muito mais do que ao futuro. Nem mesmo o horror físico da minha posição naquele corredor claustrofóbico de répteis mortos e afrescos antediluvianos, quilômetros abaixo do mundo que eu conhecia, frente a outro, de luzes e névoas misteriosas, poderia aproximar-se do temor fulminante que eu sentia da antiguidade abismal daquela cena e de sua alma. Uma antiguidade tão vasta que o mero cálculo seria inútil ao observar as rochas primais e os templos construídos entre as pedras da cidade sem nome, enquanto os incríveis mapas mais recentes retratados pelos afrescos mostravam oceanos e continentes esquecidos pelo homem com apenas alguns traços familiares aqui e acolá. Nenhum homem no mundo poderia explicar o que teria ocorrido naquela era geológica desde que as últimas pinturas haviam sido tecidas, tampouco saberiam dizer como aquela raça que, sobretudo, repudiava a morte havia sucumbido à putrefação. A vida fervilhava dentro das cavernas e no reino luminoso do além. Eu estava sozinho com aquelas relíquias vívidas e tremia em pensar na senioridade das eras através das quais tais relíquias haviam mantido uma vigília silenciosa e desértica.

De repente, senti mais um arrebatamento agudo do medo que havia me dominado de maneira intermitente desde que vira pela primeira vez o terrível vale e a cidade sem nome sob a luz frígida da lua, e, apesar da minha exaustão, esforcei-me para sentar e olhar para trás na direção do corredor escuro, através dos túneis que guiavam ao mundo externo. A sensação era a mesma de quando havia tentado evitar a cidade sem nome durante a noite, e era tão inexplicável quanto pungente. Em outro momento, entretanto, fui tomado por um choque intenso na forma de som. Era o primeiro que penetrava o silêncio absoluto daquela profundeza sepulcral, um gemido intenso, mas baixo, como o de um aglomerado distante de espíritos condenados, e vinha da exata direção em que eu olhava. O volume se amplificou depressa, até que passou a reverberar assustadoramente pela passagem rasa. Ao mesmo tempo, fui acometido por uma corrente de ar glacial, que fluía dos túneis e da cidade acima. O toque do vento parecia devolver meu equilíbrio, pois de imediato lembrei-me das ventanias que exalavam da boca do abismo a cada nascer e pôr do sol, as quais me haviam revelado aqueles túneis secretos. Olhei para o meu relógio e registrei o nascer do sol; encolhi-me para resistir ao golpe de ar que varria a caverna da mesma maneira que ocorrera ao final daquela tarde. O pavor minguou, assim como os fenômenos naturais que tendem a dispersar-se de maneira taciturna em meio ao desconhecido.

Os gritos e gemidos do vento noturno cresciam mais e mais na direção da fenda, nas profundezas da terra. Debrucei-me uma vez mais e agarrei-me inutilmente ao chão, tomado pelo medo de ser varrido para dentro do portão abismal e fosforescente. Eu não esperava tamanha fúria e, assim que notei que deslizava naquela direção, fui acossado por novos terrores derivados da apreensão e da imaginação. A malignidade daquele sopro nutria pensamentos incríveis e, novamente, comparei-me à única imagem pictórica e humanoide que tremia de medo em meio àquele corredor. Comparei-me àquele homem que havia sido esquartejado por uma raça sem nome em meio ao arrebatamento diabólico daquelas correntes de ar espiraladas que pareciam conter uma ira vingativa ainda mais intensa por serem absolutamente impotentes. Creio ter emitido gritos delirantes na última rajada, quase enlouquecido, mas, ao fazê-lo, meus clamores se perdiam em meio à mixórdia diabólica daqueles ventos assombrosos. Tentei rastejar contra a corrente invisível e assassina, mas sequer conseguia atar-me a qualquer lugar à medida que era empurrado lenta e inexoravelmente na direção daquele mundo oculto. Finalmente, tive um estalo, pois passei a proferir sem cessar o dístico do árabe louco, Alhazred, o qual sonhava com a cidade sem nome:

Não jaz morto aquilo que pode eternamente repousar
Com o passar das eras, a morte pode, enfim, suspirar.

Apenas os deuses nefastos e ameaçadores do deserto sabem o que de fato ocorreu, a quais esforços e disparates sobrevivi, mergulhado na escuridão, ou como Abbadon guiou-me de volta à vida. Isso é algo de que sempre lembrarei e ainda faz-me tremer durante a noite até o absoluto esquecimento, ou pior, até que me chame de volta. A coisa era monstruosa, sobre-humana, colossal, muito além das imaginações críveis do homem, salvo quando tais imaginações acometem o silencioso e maldito crepúsculo da manhã em que dormir é improvável.

Afirmei que a fúria da rajada de ar era infernal, como de uma divindade infausta, e que suas vozes eram repugnantes com uma brutalidade reprimida de eternidades desoladoras. No momento, as vozes ainda caóticas diante de mim pareciam, nos meus miolos surrados, articular-se. Lá embaixo, na tumba de antiguidades mortas há séculos incontáveis, como legiões sob o mundo humano iluminado pelo amanhecer, ouvia os feitiços e rosnados medonhos de demônios que falavam línguas desconhecidas. Ao virar-me, vi o contorno, sob a luz etérea do abismo, daquilo que não podia ser visto no escuro do corredor, uma horda de pesadelo de diabos alvoroçados, distorcida pelo ódio, como troféus grotescos, demônios parcialmente visíveis de uma raça que nenhum homem ousava confundir: os répteis rastejantes da cidade sem nome.

E, assim que o vento cessou, fui lançado à escuridão diabólica das entranhas da escuridão, pois, detrás da última criatura, o imponente portal trancou-se com um estalo ensurdecedor e metálico, cujas reverberações ecoaram pelo mundo distante a fim de saudar o mesmo sol nascente que Mêmnon reverenciava às margens do Nilo.

FIM

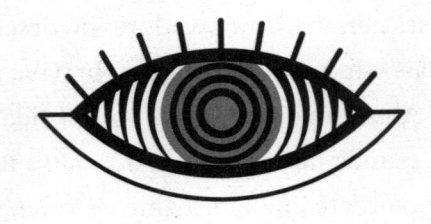

A CHAVE DE PRATA

Lá, Gnorri, a criatura barbada e piscosa, constrói seus labirintos.

Quando Randolph Carter tinha trinta anos de idade, perdeu a chave para o portal dos sonhos. Antes disso, havia alimentado a natureza prosaica da vida por meio de excursões noturnas a cidades estranhas e antigas além do espaço, bem como em terrenos ajardinados através de oceanos etéreos; conforme a meia-idade se aproximou, porém, sentiu que suas liberdades lhe escapavam aos poucos, até que, finalmente, foi desconectado de vez. Suas galés não podiam mais navegar pelo rio Oukranos até os pináculos dourados de Thran, e suas caravanas de elefantes não podiam mais percorrer as florestas perfumadas em Kled, onde palácios esquecidos com colunas de marfim venoso dormiam, adorável e ininterruptamente sob a lua.

Ele havia lido muitas coisas e conversava com muitas pessoas. Filósofos bem-intencionados tinham-lhe ensinado a olhar para as coisas de maneira lógica e a analisar os processos que moldavam seus pensamentos e imaginações. A fascinação se esvaíra, e ele havia esquecido que a vida toda é um simples conjunto de figuras dispostas no cérebro, e não há diferença se são reais ou derivadas de sonhos internos. Tampouco havia razão para valorizar uma em detrimento da outra. As tradições alimentaram-se de reverências supersticiosas sussurrando em seus ouvidos para aquilo que existe tangível e fisicamente e o encabulavam secretamente por habitarem suas visões. Os sábios lhe diziam que suas imaginações eram insanas e infantis, e ainda mais absurdas, pois seus atores persistiam em conferir-lhes significado e propósito à medida que o cosmos cego continuava a triturar, sem rumo, do nada até algum lugar e deste mesmo lugar de volta ao nada, sem atentar-se nem saber dos desejos ou da existência de mentes que tremeluzem por um segundo aqui e ali em meio à escuridão.

Eles o haviam acorrentado a elementos reais, e mais tarde explicaram o funcionamento de tais elementos até que o mistério desaparecesse do mundo. Quando reclamava e ansiava fugir pelos reinos crepusculares, onde a mágica moldava todos os minúsculos fragmentos e associações apreciadas de sua mente em panoramas de expectativa e deleite insaciável, eles o confrontavam com os fenômenos recentemente descobertos pela ciência, sugerindo que ele encontrasse a fascinação senão nos vórtices de átomo e nos mistérios das dimensões celestiais. E, quando não conseguia encontrar tais bênçãos em coisas cujas leis eram conhecidas e mensuráveis, diziam-lhe que sua imaginação falhava e que era imaturo, pois preferia ilusões sonhadoras a ilusões do próprio mundo físico.

Carter tentou fazer o que outros fizeram, fingindo que os eventos comuns e as emoções das mentes terrenas eram mais importantes do que a raridade e delicadeza das fantasias. Passou, portanto, a não discordar que a dor animal de um suíno espetado ou a dispepsia de um fazendeiro, na vida real, fossem maiores do que a beleza inigualável de Narath com sua centena de portões entalhados e domas de calcedônia, os quais se recordava vagamente dos sonhos e sob cuja orientação havia cultivado um senso doloroso de pena e tragédia.

Ocasionalmente, no entanto, ele não podia deixar de perceber a superficialidade, a instabilidade e o vazio das aspirações humanas, bem como os impulsos reais que contrastavam de maneira oca com os ideais pomposos que professamos deter. Recorria, então, ao riso polido que lhe haviam ensinado a usar contra a extravagância e artificialidade dos sonhos. Percebia, nesses momentos, que a vida cotidiana do nosso mundo era absolutamente mais extravagante e artificial e muito menos dada ao respeito por sua falta de beleza e relutância tola em admitir sua irracionalidade e despropósito. Neste sentido, tornou-se um tipo de humorista, pois não via que até mesmo o humor é vago em um universo sem mente, desprovido de qualquer padrão verdadeiro de consistência ou inconsistência.

Nos primeiros dias de submissão, voltou-se à fé religiosa e gentil que fora confiada a ele por meio dos ingênuos pais, pois dela estendiam-se caminhos místicos que prometiam uma eventual fuga da vida. Apenas por meio de uma visão mais aproximada é que percebeu a beleza e imaginação famintas, a trivialidade prosaica e sem graça, a gravidade sábia e os clamores grotescos de uma verdade sólida que reinava de maneira monótona e arrebatadora entre a maioria de seus professores. Percebeu, da mesma forma, o sentimento absoluto de estranheza capaz de manter vivos, literalmente, os medos superados e as conjeturas de uma raça primitiva que confrontava o desconhecido. Carter estava exausto em ver como as pessoas tentavam solenemente extrair alguma realidade terrena dos mitos que suas próprias ostentações científicas refutavam por completo, bem como a seriedade equivocada capaz de aniquilar qualquer interesse que pudessem nutrir pelas tradições antigas, caso tivessem ficado satisfeitos com os ritos sonoros e as válvulas de escape emocionais em sua aparência verdadeira de fantasia etérea.

No entanto, quando passou a estudar aqueles que rechaçavam os velhos mitos, considerou-os ainda mais desprezíveis do que os primeiros.

Eles não sabiam que a beleza está na harmonia e que a amabilidade da vida não tem padrões em meio a um cosmos sem rumo, salvo apenas a harmonia deste ao lado dos sonhos e sentimentos que vieram antes, cegos moldadores de nossas pequenas esferas originárias do caos. Eles não consideravam o bem e o mal, a beleza e a feiura, apenas como frutos ornamentais da perspectiva cujo único valor estaria em sua ligação com o acaso, que levou nossos ancestrais a pensarem e sentirem, e cujos detalhes mais finos eram diferentes para cada raça e cultura. Em vez disso, ou negavam em absoluto tais coisas ou transferiam-nas para o campo do instinto vago e cruel que compartilhavam com as bestas e os camponeses; faziam-no para que suas vidas malcheirosas fossem arrastadas em meio à dor, à feiura, à desproporção, mas preenchidas com um orgulho ridículo por terem escapado de algo não mais insalubre do que aquilo que os mantinha. Eles haviam trocado os falsos deuses do medo e da piedade cega por aqueles da permissão e da anarquia.

Carter não apreciava as liberdades modernas, pois sua mesquinhez e imundice nauseavam a essência da beleza isolada. Ao mesmo tempo, a razão se rebelava diante da lógica frágil com a qual suas teses tentavam dourar o impulso brutal com uma sacralidade extraída dos mesmos ídolos que haviam rejeitado. Ele via que muitos deles, assim como suas habilidades sacrossantas, não podiam escapar da desilusão de que a vida tem um significado além daquele sonhado pelo homem, indissociável da noção cruel de ética e das obrigações, que estavam além das noções de beleza, até mesmo quando toda a natureza gritava as dores da imoralidade inconsciente e impessoal à luz das descobertas científicas. Deturpadas, intolerantes e cheias de ilusões preconceituosas acerca de justiça, liberdade e consistência, elas objetam as lendas folclóricas e os velhos hábitos com as antigas crenças; tampouco refletem sobre o fato de que tais tradições foram, unicamente, as criadoras dos pensamentos e julgamentos presentes, bem como as únicas diretrizes e padrões em um universo sem sentido, sem rumo definido e sem pontos estáveis de referência. Tendo perdido este arranjo quimérico, suas vidas perdiam também rumo e interesse de forma drástica, até que, por fim, batalhavam para afogar o tédio em um mar de agitação e pseudoutilidade, barulho e algazarra, por meio de demonstrações bárbaras e sensações animalescas. Quando essas coisas já não traziam alento ou tornavam-se nauseantes e repulsivas, cultivavam a ironia e o amargor e culpavam a ordem social. Nunca percebiam que suas fundamentações brutais eram tão volúveis e contraditórias quanto os deuses dos antepassados e que a satisfação de um instante é a exata maldição do outro. Portanto, a calma e a beleza duradoura habitavam apenas os sonhos. Entretanto, o mundo havia desprezado esse prêmio de consolo ao desprender-se dos segredos da infância e da inocência por meio da ostentação do que é exclusivamente real.

Em meio ao caos do vazio e do desassossego, Carter tentou viver coerentemente como um homem de intelecto aguçado e fiel à sua hereditariedade. À medida que seus sonhos se esvaíam com o escárnio da idade, ele não conseguia acreditar em nada mais além do amor pela harmonia que o mantinha próximo das tradições de sua raça e posição. Caminhava de maneira impassível pelas cidades dos homens, pois nenhuma perspectiva lhe parecia real, e cada rompante de luz amarelada sobre os telhados elevados, assim como cada olhar das praças balaustradas em meio aos primeiros lampejos vespertinos, servia-lhe apenas para recordá-lo de sonhos que tivera e trazer-lhe alguma nostalgia das terras etéreas que não mais sabia como encontrar. As viagens eram apenas zombarias, e até mesmo a Grande Guerra o incomodava, mas pouco, apesar de ter servido para a Legião Estrangeira Francesa[38]. Durante um tempo, ele observava os amigos, mas logo cansou-se da crueldade

---

[38] Tropa de elite francesa destinada a defender os assuntos da França em outros continentes. Nasceu em 10 de março de 1831. (N.T.)

das suas emoções, da monotonia e do caráter terreno de suas opiniões. Sentia-se satisfeito de alguma forma por seus parentes estarem distantes e não manterem contato, pois jamais compreenderiam seu estado mental, exceto seu avô e seu tio-avô Christopher, os quais estavam mortos há muitos anos.

Depois, começou a escrever livros mais uma vez, prática que havia deixado de lado quando os primeiros sonhos o acometeram. Contudo, ele também não tirava prazer ou satisfação dessa atividade, pois o toque da terra o dominava e já não conseguia pensar em coisas agradáveis como no passado. Seu humor irônico o arrastava para os minaretes crepusculares que ele mesmo empinava, e o medo terreno da improbabilidade soprava todas as flores lindas e delicadas do seu jardim de conto de fadas. A convenção da suposta piedade derramara certa pieguice sobre seus personagens enquanto o mito de uma realidade importante, eventos humanos significativos e emoções acabavam por diluir toda a sua fantasia em uma espécie de alegoria fraca e velada e em uma sátira social barata. Seus novos romances eram tão exitosos quanto os antigos e, por saber quão vazios eram no intuito de agradar um rebanho igualmente vazio, ele os queimou e cessou seus escritos. Eram romances graciosos nos quais ria civilizadamente dos sonhos que apenas esboçava, mas concluiu que tal sofisticação havia solapado suas vidas.

Após o incidente, passou a cultivar as ilusões de maneira deliberada e experimentava noções de bizarrice e excentricidade como anedotas triviais. Muitas delas, no entanto, logo deflagraram sua miséria e esterilidade, e então notou que as doutrinas populares do ocultismo eram tão secas e inflexíveis quanto aquelas da ciência, mas sem o mínimo paliativo de verdade para redimi-las. A estupidez total, a falsidade e o pensamento desordenado não são sonhos e tampouco representam uma fuga da vida para uma mente treinada acima de seu próprio nível. Carter passou a comprar livros estranhos e encontrou-se com homens ainda mais estranhos e de fantástica erudição, então finalmente mergulhou em uma arcana de consciência onde poucos se aventuram e aprendeu coisas sobre as cicatrizes da vida, as lendas e as antiguidades longevas que o perturbariam até o final de seus dias. Decidira viver em um horizonte plano, mobiliando sua casa em Boston de modo que refletisse seus ânimos oscilantes. Havia adaptado um cômodo para cada idiossincrasia, com cores, livros e objetos correspondentes, incluindo sensações produzidas pelo correto ajuste da incidência de luz, calor, som, gosto e odor.

Certa vez, ouviu sobre um homem do Sul, esquivo e amedrontado pelas blasfêmias que lera em livros pré-históricos e tábulas de argila traficadas da Índia e da África. Ele o visitou, conviveu com ele e compartilhou conhecimentos por sete anos até que o horror dominou ambos certa meia-noite em que visitaram uma tumba arcaica e desconhecida da qual apenas um emergiu de onde dois haviam entrado. Depois, voltou a Arkham, a velha cidade de seus ancestrais, assombrada por bruxas, em New England, e colecionou experiências na escuridão, em meio a velhos salgueiros e telhados holandeses instáveis que o fizeram vedar certas páginas do diário de um parente de mente excêntrica. Esses horrores, porém, apenas o levaram ao limite da realidade e não pareciam ser originários da região onírica que conhecera na juventude, então, aos cinquenta anos de idade, rebelou-se contra o descanso ou o contentamento em um mundo turbulento demais para a beleza e sagaz demais para os sonhos.

Ao perceber, afinal, o vazio e a futilidade das coisas reais, Carter passou seus dias em retiro, absorto em memórias desencontradas de sua juventude recheada de sonhos. Julgava tolice manter-se vivo e conseguiu, por um conhecido da América do Sul, um líquido curioso que o levaria ao esquecimento sem que deixasse qualquer rastro de angústia. A inércia e a força do hábito, no entanto, adiaram a ação, e Carter continuou vivendo de maneira indecisa entre os pensamentos dos velhos tempos. Dessa maneira, decidiu remover os estranhos objetos pendurados nas paredes e reformou a casa para se aproximar de sua juventude, com vidraças roxas, móveis vitorianos e tudo o mais.

Com o passar do tempo, ficou satisfeito com a decisão de permanecer vivo, pois as relíquias da juventude e de seu rompimento com o mundo tornaram a vida e a sofisticação muito distantes e irreais, tanto que um toque de mágica e expectativa voltaram a figurar seus sonhos noturnos. Durante anos, tais sonhos eram reflexões distorcidas da vida cotidiana como a conhecemos, mas a centelha da estranheza e da excentricidade voltaram a faiscar algo incrível e iminente que transparecia a mesma tensão e nitidez de sua infância e que o levaram à reflexão sobre as pequenas coisas inconsequentes que havia esquecido há tantos anos.

Ele acordava frequentemente chamando sua mãe e seu avô, ambos enterrados há pelo menos um quarto de século.

Certa noite, seu avô lembrou-o sobre uma chave. O acadêmico grisalho, vívido como em vida, falou durante muito tempo e com sinceridade sobre sua linhagem ancestral e suas visões estranhas de homens delicados e sensíveis que a haviam criado. Falou dos olhos flamejantes do soldado das Cruzadas que descobrira os segredos dos sarracenos que o haviam capturado, bem como do primeiro Senhor Rudolph Carter, o qual havia estudado mágica durante o reinado de Elizabeth. Também contou sobre Edmund Carter, que havia, há não muito tempo, escapado da forca em Salem por envolver-se com bruxaria e colocado, em uma caixa antiga, uma chave de prata magnífica entregue a ele pelos próprios ancestrais. Antes que Carter acordasse, o gentil visitante narrou-lhe como encontrar a caixa entalhada em carvalho, tão fascinante quanto arcaica, cuja tampa grotesca mão nenhuma havia levantado por dois séculos.

Em meio à poeira e às sombras do grande sótão, Carter a encontrou, remota e esquecida no fundo de uma gaveta em uma cômoda alta. Tinha em torno de trinta centímetros quadrados, e seus entalhes góticos eram tão assustadores que ele não estranhou que ninguém mais ousara abri-la. Ela não produzia nenhum barulho quando chacoalhada, mas exalava o cheiro místico de temperos imemoráveis. Que ela guardava uma chave era de fato apenas uma lenda vaga, uma que o pai de Randolph Carter jamais conhecera. Estava envolta em um metal enferrujado, e nenhuma pista sobre como destravar sua formidável fechadura lhe havia sido fornecida. Carter compreendeu, de maneira superficial, que encontraria dentro da caixa a mesma chave para o olvidado portal dos sonhos; contudo, quando e como deveria usá-la, seu avô não lhe contou.

Um antigo empregado havia violado a tampa entalhada, tremendo de medo com a aparência terrível e lasciva da madeira putrefata, a qual não denotava nenhuma familiaridade. Dentro, envolvida em um pergaminho descolorido, estava a grande chave enferrujada e coberta de arabescos crípticos, sem legibilidade. O pergaminho era volumoso e continha apenas os hieróglifos de uma língua desconhecida, escrita com bambu antigo. Carter reconheceu os personagens como aqueles que teria visto em certo rolo de papiro que pertencia ao terrível acadêmico do sul, o qual havia sumido durante a meia-noite em um cemitério sem nome. O homem sempre tremia de medo quando lia aquele pergaminho, e com Carter não foi diferente.

Limpou a chave e a manteve ao seu lado durante a noite, dentro da caixa de carvalho perfumado. Seus sonhos se tornavam cada vez mais nítidos e, embora não profetizassem nada sobre as cidades estranhas e jardins incríveis dos velhos tempos, assumiam uma aparência definida, cujo propósito não podia ser confundido. Eles o chamavam de volta ao longo dos anos, e as intenções embaralhadas dos seus ancestrais o empurravam em direção a uma fonte oculta e primitiva. Sabia que precisava voltar ao passado e submergir nas coisas antigas. Dia após dia, seus pensamentos sobre as colinas ao norte cresciam, onde a assombrada cidade de Arkham, a apressada Miskatonic e a propriedade rústica e isolada de sua gente jaziam.

Durante as fogueiras taciturnas do outono, Carter percorreu o velho caminho, passando pelas linhas graciosas das colinas ondulantes e pelo prado amuralhado de pedra, pelo vale distante e pelo bosque dos enforcados, por estradas tortuosas, abrigos de casarios e pela sinuosa Miskatonic. Cruzou aqui e acolá por pontes de madeira e de pedra. Em uma das curvas, fitou um aglomerado de olmos gigantes, que um ancestral havia misteriosamente derrubado um século e meio atrás, e estremeceu à medida que o vento soprou, cheio de intenções, contra eles. Em seguida, deparou-se com uma fazenda aos frangalhos da velha bruxa, a Passarinheira do Bem, com suas pequenas janelas diabólicas e grandes telhados inclinados que quase tocavam o chão ao norte.

Ele acelerou o carro à medida que passou por eles e não diminuiu até que tivesse subido a colina onde sua mãe e outros parentes haviam nascido e onde a velha casa branca ainda permanecia, imponente, à beira da estrada, em meio àquele panorama de tirar o fôlego. Viam-se dali o declive de pedra, o vale verdejante, os pináculos distantes de Kingsport no horizonte e os vestígios do mar arcaico e onírico ao fundo.

Depois, Carter chegou a uma ribanceira ainda mais íngreme, onde ficava a antiga propriedade de seus familiares, que ele não via há quarenta anos. A tarde já tinha se despedido há muito tempo quando ele chegou aos seus pés e, na curva, a meio caminho daquela subida, demorou-se a observar os campos estendidos, dourados e gloriosos, naquele transbordamento clivoso de magia destacado pelo sol do oeste. Toda a estranheza e a expectativa dos sonhos recentes pareciam presentes naquela paisagem silenciosa e desenterrada, e ele pensou sobre a solidão desconhecida dos outros planetas à medida que seus olhos rastrearam o gramado aveludado e desértico, cujo brilho ondulava entre as paredes em ruínas, porções distantes de florestas encantadas de onde se estendiam linhas de colinas roxeadas e o vale espectral amadeirado que sombreava o vazio úmido de águas que cantavam e gorgolejavam por entre raízes proeminentes e retorcidas.

Algo o fez sentir que automóveis não pertenciam àquele reino que procurava, então deixou o carro à beira da floresta, depositou a grande chave no bolso do casaco e subiu a colina. A floresta o engolia por inteiro, embora soubesse que a casa estava sobre um montículo sem árvores, exceto ao norte. Perguntava-se como estaria sua aparência, pois a propriedade estava desocupada e destelhada por sua própria negligência desde a morte do estranho tio-avô Christopher, trinta anos antes. Durante sua infância, deleitava-se em longas visitas e chegou a encontrar maravilhas bizarras na floresta além do pomar.

As sombras adensavam atrás dele, pois a noite se aproximava. Em certo momento, abriu-se uma fenda entre as árvores, de modo que pôde ver, ao longe, prados crepusculares e espiar o velho campanário congregacional na Colina Central em Kingsport, rosáceo com o último raiar do dia e as vidraças das pequenas janelas arredondadas que ardiam com o reflexo do fogo. Em seguida, adentrou um novo trecho de sombra, lembrou-se em um ímpeto de que a vista só podia ser derivada de suas memórias da infância, já que a velha igreja branca havia sido derrubada há muitos anos para a construção do Hospital Congregacional. Ele lia a respeito do assunto com interesse, pois os jornais contavam sobre os esconderijos e passagens encontradas nas profundezas da colina de pedra.

Mergulhado em perplexidade, ao longe ecoou uma voz aguda, cuja familiaridade ele recobrou após tantos anos. O velho Benijah Corey fora um funcionário do tio Christopher e já era velho quando Carter era um menino. A essa altura, teria ultrapassado em muito os cem anos de idade, e aquela voz característica não poderia vir de mais ninguém. Ele mal conseguia distinguir as palavras, mas o tom era assustador e singular. E pensar que o Velho Benijy estava vivo!

– Senhor Randy! Senhor Randy! Onde você estava? Você bem sabe que a tia Marthy morre de preocupação com você! Ela não havia pedido para voltar antes do anoitecer? Randy! Ran... dee! Ninguém é melhor do que você em fugir pela floresta. Passa boa parte do tempo sentado na mata cheia de cobras! Ran... dee!

Randolph Carter aquietou-se diante da escuridão do campo e esfregou os olhos. Havia algo de errado. Ele estava em um local onde não deveria, bastante afastado da região à qual pertencia e indesculpavelmente atrasado. Não havia notado as horas passarem no campanário de Kingsport, embora pudesse ter evitado com seu binóculo. No entanto, Carter sabia que o seu atraso era, além de estranho, inédito. Porém, não tinha tanta certeza se havia pegado o binóculo ou não e, ao colocar a mão no bolso do casaco, pôde confirmar a suspeita: o objeto de fato não estava lá, mas a chave de prata, a qual havia encontrado em algum lugar dentro de uma caixa, sim. Então, lembrou que o tio Chris lhe contara algo a respeito de uma caixa lacrada com uma chave dentro, mas tia Martha o interrompeu de súbito, dizendo que não era bom contar aquela história a uma criança já cheia de caraminholas na cabeça. Carter tentou recordar onde havia encontrado a chave, mas pareceu muito confuso. Pensou que estava no sótão da casa em Boston e lembrou-se vagamente de ter tentado subornar Parks com a metade do pagamento semanal para ajudá-lo a encontrar a caixa e ficar em silêncio sobre aquilo, mas, quando se lembrou do ocorrido, o rosto de Parks lhe ocorreu de maneira bizarra, como se as rugas de todos aqueles anos tivessem tomado o pequeno e rápido londrino.

– Ran...dee! Ran...dee! Oi! Oi! Randy!

Uma lanterna trêmula apareceu na fenda escura, e o velho Benijah saltou sobre a figura silenciosa e desnorteada do peregrino Carter.

– Moleque dos infernos! Você não tem língua nessa boca pra me responder, não? Estou chamando você há meia hora e você nem pra dizer nada! Você sabe muito bem que a sua tia Marthy fica impaciente quando você se embrenha no mato durante a noite! Espere só eu contar para o tio Chris quando ele chegar! Você deveria saber que a floresta não é lugar pra bisbilhotar a essa hora! As coisas lá dentro não são boas pra você nem pra ninguém, como meus avós já bem diziam. Venha logo, senhor Randy, ou Hannah não nos deixará jantar!"

Então, Randolph Carter subiu pela estrada onde estrelas misteriosas reluziam nos galhos altos e outonais. Em seguida, ouviu cachorros latir à medida que as janelas pequenas cintilavam ao longe, e as plêiades lampejavam no montículo onde se via um grande telhado holandês de frente para o oeste já parcialmente escurecido. A tia Martha estava na entrada e não foi muito dura quando Benijah empurrou o travesso Carter porta adentro. Ela conhecia o tio Chris o bastante para esperar o mesmo do menino. Randolph não mostrou a chave. Jantou em silêncio e protestou somente quando o momento de se recolher chegou. Às vezes, Carter sonhava melhor acordado do que dormindo e não via a hora de poder usar a chave.

De manhã, Randolph acordou cedo e, à menor tentativa de correr na direção do bosque nas colinas, foi pego em flagrante pelo tio Chris, que o forçou a sentar-se à mesa para tomar o café da manhã. Carter olhava, impaciente, ao redor do cômodo de teto baixo na direção do tapete em farrapos, das vigas expostas e das tábuas de canto, mas sorriu quando os galhos do pomar arranharam as vidraças chumbadas das janelas de trás. As árvores e as colinas estavam próximas e representavam o portão para o reino atemporal, que era o seu verdadeiro lugar.

Finalmente livre, buscou a chave no bolso e, convicto, pulou por cima do pomar na direção do monte, para além dos terrenos mais elevados, onde ficava o bosque sobre a colina que despontava ainda mais alta do que o montículo sem árvores. O chão da floresta era musguento e misterioso, e grandes rochas repletas de líquen erguiam-se aqui e acolá em meio à luz enfraquecida dos monólitos druidas[39] entre os troncos retorcidos e dilatados de um arvoredo sagrado. Durante a subida, Randolph cruzou um riacho abundante, cujas quedas, ao longe, pareciam cantar canções rúnicas para encantar os faunos[40], egipãs[41] e dríades[42].

Em certo momento, chegou a uma caverna estranha no declive da floresta, a temida toca das cobras que o povo da região tanto evitava e a qual Benijah tantas vezes lhe havia alertado que não se aproximasse. Era profunda, muito mais do que qualquer um pudesse suspeitar além do próprio Randolph, pois o garoto havia encontrado uma fissura no canto mais escuro e longínquo que levava a uma gruta ainda mais robusta, logo adiante, um local assombrado e sepulcral cujas paredes de granito provocavam uma ilusão curiosa aos artifícios da consciência. Nesta ocasião, rastejou, como sempre, iluminando o caminho com fósforos surrupiados de uma caixa da sala de estar, indo em direção ao fundo com uma avidez inexplicável. Também não sabia de onde havia tirado tanta confiança para se acercar da parede mais distante, tampouco sabia de onde vinha o instinto de inserir a chave de prata naquele local. Mas continuou, e quando voltou à casa não deu nenhuma desculpa sobre o ocorrido nem prestou o mínimo de atenção às novas broncas por ter ignorado as chamadas para o almoço e para o jantar.

Agora, todos os parentes mais distantes de Randolph Carter sabiam que algo tinha despertado a imaginação do garoto aos dez anos. Seu primo, Ernest B. Aspinwall, advogado, de Chicago, dez anos mais velho do que Randolph, notou uma mudança no garoto após o outono

---

[39] Divindades pagãs da mitologia celta. (N.T.)
[40] Faunos eram considerados semideuses bípedes que habitavam e guiavam viajantes pelos bosques e florestas, segundo a mitologia greco-romana. (N.T.)
[41] Segundo a mitologia greco-romana, egipãs, ou cabra-pãs, tinham chifres e pés de cabra e eram fruto da relação entre a ninfa Ega e o deus Pã. (N.T.)
[42] Dríades eram ninfas do carvalho que protegiam as florestas e os bosques de acordo com a mitologia greco-romana. (N.T.)

de 1883. Randolph passou a contemplar cenas fantasiosas como poucos, e ainda mais estranho era seu comportamento em relação às coisas terrenas. Parecia ter herdado o dom enigmático da profecia e reagia de maneira incomum, embora, naquele tempo, despropositadamente, acabava justificando suas impressões singulares. Nas décadas seguintes, novas invenções, novos nomes e novos eventos apareceram um a um nos livros de história. As pessoas, com frequência, lembravam intrigadas como Carter havia, anos antes, deixado escapar alguma palavra despreocupada de ligação indubitável com aquilo que aconteceria lá no futuro. Ele mesmo não compreendia aquelas palavras ou sequer sabia por que elas lhe causavam certas emoções, mas pensava que a causa estaria em algum sonho do qual não se lembrava. Foi no início de 1897 que ele ganhou uma expressão esquálida quando um viajante mencionou a cidade francesa de Belloy-en-Santerre, e os amigos lembraram quando ele sofreu um ferimento quase fatal em 1916 enquanto servia à Legião Estrangeira na Grande Guerra.

Os parentes de Carter falavam muito sobre essas coisas, pois o garoto havia desaparecido. O pequeno e velho funcionário Parks, que por muitos anos tolerou pacientemente os caprichos do menino, viu-o pela última vez na manhã em que dirigiu sozinho seu carro munido de uma chave que havia encontrado há pouco. Parks havia auxiliado Carter a obter a chave da velha caixa e sentiu-se estranhamente afetado pelos entalhes grotescos do recipiente, bem como por outra sensação que não conseguia nomear. Quando Carter deixou a casa, disse que ia visitar uma velha cidade ancestral nas redondezas de Arkham.

A meio caminho da Montanha Elm, na direção das ruínas da velha casa de Carter, um automóvel estacionado com cuidado no acostamento foi encontrado pelos locais que cruzavam aquele caminho; dentro dele, esbarraram em uma curiosa caixa de madeira perfumada com entalhes assustadores. O objeto abrigava apenas um pergaminho cuja grafia nenhum linguista ou paleógrafo fora capaz de identificar ou decifrar. A chuva, a essa altura, já havia apagado qualquer pegada, embora os investigadores da cidade de Boston tivessem recebido queixas de perturbação entre as árvores derrubadas nas proximidades da casa de Carter. Asseguravam que era como se alguém houvesse adentrado as ruínas recentemente. Além disso, um lenço branco havia sido encontrado em meio às rochas da floresta além da colina; no entanto, o acessório não parecia pertencer a Carter.

Há uma conversa acerca da divisão dos bens de Randolph Carter entre os herdeiros, mas sou veementemente contra isso, pois não acredito que ele esteja morto. Há distorções no tempo e no espaço e na relação entre visão e realidade que apenas um verdadeiro sonhador é capaz de transpor, e, pelo que conheço de Carter, creio que ele tenha apenas encontrado uma forma de atravessar esse labirinto. Se voltará um dia, não posso dizer. Ele desejava encontrar a terra dos sonhos que havia perdido e sentia uma grande nostalgia em relação à infância. Ao encontrar a chave, creio que, de alguma forma, tenha conseguido usá-la em seu benefício.

Quando eu o vir novamente, hei de perguntar, pois espero encontrá-lo em breve em uma certa cidade dos sonhos que ambos costumávamos assombrar. Há rumores de que em Ulthar, além do Rio Skai, um novo rei governa sentado no trono de opala de Ilek-Vad, uma cidade magnífica com torres de tiros no topo de um penhasco de vidro. Ela está de frente para o mar crepuscular onde Gnorri, o barbado e piscoso, construíra seus labirintos, e creio saber como interpretar esse rumor. Anseio, impaciente, pelo dia em que encontrarei aquela chave de prata, pois em seus arabescos crípticos jazem as simbologias para todas as direções e todos os mistérios de um cosmos impessoal e cego.

FIM

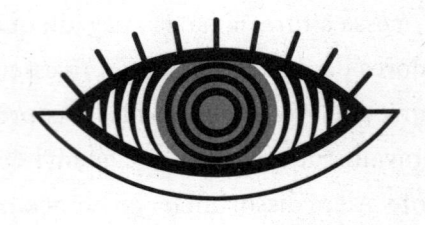

O DEPOIMENTO DE RANDOLPH CARTER

Novamente, digo que não sei o que houve com Harley Warren, apesar de pensar... na verdade, quase esperar, que ele esteja em um estado de esquecimento pacífico, se é que um lugar tão abençoado desses existe. É verdade que, durante cinco anos, fui seu melhor amigo e compartilhei de suas terríveis pesquisas sobre o ocultismo. Jamais negarei, apesar de minha memória ainda não ser clara e distinta, que sua testemunha possa de fato nos ter visto juntos, como ele diz, no Topo Gainsville, caminhando em direção ao Grande Pântano Cipreste, por volta de onze e meia daquela noite repugnante. Confirmo que carregávamos lanternas elétricas, pás e ainda uma bobina de fio metálico presa a instrumentos, pois essas coisas tinham funções específicas naquele terrível cenário que continua marcado com fogo na minha memória confusa. Desconheço, porém, o que houve a seguir, bem como a razão pela qual fui encontrado sozinho e atordoado à beira do pântano na manhã seguinte, salvo pelo que lhes contei um milhão de vezes. Vocês me dizem que não há nada no pântano ou nas proximidades que poderia tornar o cenário daquele episódio tão assombroso. Reitero que não sei nada além do que vi. Seja uma visão ou um pesadelo, eu fervorosamente desejo que tenha sido um dos dois, ainda assim é tudo o que minha mente reteve do que ocorreu durante aquelas horas chocantes após deixarmos o mundo dos homens. E o motivo pelo qual Harley Warren não voltou, ele ou sua sombra, ou qualquer coisa sem nome, não posso descrever, pois a coisa fala por si só.

Como lhes contei antes, eu conhecia bastante os estudos estranhos de Harley Warren e, até certa medida, compartilhava deles. Li quase toda a sua vasta coleção de livros misteriosos e raros sobre assuntos proibidos escritos em línguas que conheço, mas são poucos em comparação com aqueles que estavam escritos em idiomas que desconheço. A maioria deles estava em árabe, bem como o livro inspirado pelo diabo que causou o final de tudo, o qual ele carregava em seu bolso mundo afora, escrito em caracteres que nunca vi em lugar algum. No entanto, Warren nunca me havia contado o que estava escrito naquelas páginas. Em relação à natureza dos nossos estudos, preciso repetir que não mais detenho compreensão absoluta do que houve? É uma pena, no entanto, pois eram estudos horríveis que eu persegui mais por uma fascinação relutante do que por verdadeira inclinação. A verdade é que Warren sempre me dominou e, às vezes, eu o temia. Lembro-me do pavor ao ver sua feição na noite de véspera do ocorrido, durante nossa ininterrupta conversa sobre sua teoria, sobre o porquê de certos cadáveres nunca se decomporem, mas, pelo contrário, continuarem firmes e robustos em suas tumbas por milhares de anos. Agora, já não o temo mais, pois suspeito que tenha descoberto horrores além da compreensão humana. Agora, temo por ele.

Mais uma vez, digo que não tenho nenhuma ideia do nosso objetivo naquela noite. Certamente tinha a ver com o livro que Warren carregava consigo, aquele livro antigo de caracteres indecifráveis que havia chegado da Índia um mês antes do acontecimento, mas juro que não sabia o que esperávamos encontrar. A sua testemunha diz que nos viu às onze e meia no Topo Gainsville, na direção do Grande Pântano Cipreste. Deve ser verdade, mas não me lembro de nada. A imagem gravada em minha mente é de uma única cena, e devia passar em muito da meia-noite, pois a pálida lua crescente estava lá no alto em meio à névoa do além.

O lugar era um cemitério pré-histórico, tão pré-histórico que tremi ao observar os símbolos infindáveis de anos sem conta. Era um vazio profundo, abafado, de grama alta, musguento e de vegetações rastejantes, preenchido com um fedor sutil que a minha imaginação associou à rocha podre. Por todos os lados havia sinais de negligência e decrepitude, e me senti assombrado pela noção de que Warren e eu éramos as primeiras criaturas vivas a penetrar aquele silêncio letal de tantos séculos. À beira do vale, havia certa palidez da lua crescente que nos espiava através de vapores nocivos que pareciam emanar das catacumbas silenciosas. Pelas vigas oscilantes e frágeis, pude distinguir uma repulsiva gama de lápides, urnas, cenotáfios antigos e fachadas de mausoléus, todos amontoados, forrados por musgo e bolor, parcialmente escondidos pela exuberância da vegetação insalubre.

A primeira impressão vívida da minha própria presença naquela terrível necrópole relaciona-se ao momento em que parei ao lado de Warren diante de determinado sepulcro parcialmente carcomido e de nos desfazermos de alguns fardos que estávamos carregando até então. Notei que carregava comigo uma lanterna elétrica e duas pás, enquanto meu companheiro tinha uma lanterna similar e um equipamento de telefone portátil. Nenhuma palavra foi dita, pois o lugar e a tarefa já nos pareciam familiares, e, sem pestanejar, pegamos nossas pás e começamos a capinar a grama, a vegetação e a terra do mortuário plano e arcaico. Após descobrir toda a superfície, que consistia em três imensas lápides de granito, demos um passo para trás para verificar aquela cena diabólica, e Warren pareceu fazer alguns cálculos mentais. Depois, retornou ao sepulcro e, usando a sua pá como alavanca, levantou a lápide para verificar o que jazia ao lado de uma ruína de pedra, que provavelmente havia sido um monumento em seus dias de glória. No entanto, ele não conseguiu e acenou para mim de modo que eu fosse em seu auxílio. Finalmente, a união de nossas forças afrouxou a pedra, a qual erguemos e repousamos em um dos lados.

A remoção da lápide revelou uma abertura escura, da qual a efluência de gases miasmáticos foi tão nauseante que nos afastamos, horrorizados. Após um intervalo, no entanto, nós nos aproximamos da cova novamente e percebemos que a exalação de gases era agora tolerável. As nossas lanternas nos mostravam o topo de um lance de escadas de pedra, que parecia pingar o icor detestável das entranhas da terra, o qual se acumulava junto às paredes úmidas e encrustadas de nitrato. Nesse momento, pela primeira vez, minha memória registrou algum discurso: Warren me endereçava a distância com sua voz grave e melodiosa, uma voz ímpar e imperturbada pelos arredores espantosos.

– Desculpe ter de pedir que fique na superfície – disse Warren –, mas seria um crime permitir que alguém com os nervos à flor da pele desça comigo. Você não tem ideia, tudo o que já leu e que lhe contei é irrisório perto das coisas que terei de ver e fazer lá embaixo. É um trabalho demoníaco, Carter, e duvido que qualquer homem sem sensibilidade de ferro seja capaz de enxergar tudo aquilo e voltar são e salvo. Não quero ofender você, e o Além bem sabe que eu ficaria muito satisfeito de tê-lo comigo, mas a responsabilidade é, de certa forma, minha e eu não poderia colocá-lo sob o risco da morte ou da loucura. Repito, você não sabe o que é a monstruosidade que está lá embaixo! Mas irei mantê-lo informado pelo telefone acerca de cada movimento que eu fizer, e como você pode ver, tenho suficiente fio metálico aqui para chegar ao centro da terra e voltar.

Ainda posso ouvir, em memória, aquelas palavras faladas de maneira calma e me lembro das minhas objeções em ficar. Eu estava desesperadamente ansioso para acompanhar meu amigo no interior dos sepulcros da morte, mas ele demonstrou absoluta inflexibilidade. Em certo momento, ameaçou abandonar a expedição se eu me mantivesse relutante como estava, uma ameaça que foi efetiva, uma vez que só ele tinha a chave para aquela coisa. Lembro-me de tudo isso, mas não sei mais o que é que procurávamos. Após obter o meu consentimento reticente, Warren apanhou a bobina de fio metálico e ajustou os instrumentos. Assim que balançou a cabeça, peguei alguns instrumentos e sentei-me sobre um túmulo envelhecido e descolorido, bem ao lado da entrada descoberta há pouco. Em seguida, demos um aperto de mãos, Warren recostou a bobina de fio sobre o ombro e desapareceu em meio àquele ossuário indescritível.

Por um minuto, mantive os olhos no brilho de sua lanterna e ouvi o farfalho do metal à medida que Warren o colocou sobre o chão, logo atrás dele. Contudo, o brilho logo minguou por completo, como se ele tivesse feito uma curva naquela escada de pedra, assim como o som, que se esvaiu rapidamente. Eu estava sozinho, porém preso às profundidades desconhecidas por aqueles fios mágicos cuja superfície insulada repousava, esverdeada, sob as vigas desgastadas da lua crescente e pálida.

Eu consultava o meu relógio a cada instante sob a luz da minha lanterna elétrica e ouvia, ansioso, o retorno do telefone; no entanto, por mais de quinze minutos não ouvi absolutamente nada. De repente, ouvi um clique daquele instrumento e liguei para o meu amigo com a voz tensa. A apreensão era tão grande que não estava preparado para as palavras que vieram daquela catacumba assombrosa em tons ainda mais assustadores e pavorosos do que todos os outros que tinha ouvido de Harley Warren. Ele, que havia me deixado pouco tempo antes, agora me chamava com um sussurro trêmulo, mais pressagioso do que qualquer grito de horror:

– Deus do céu, se você pudesse ver o que estou vendo!

Não conseguia responder. Estava sem palavras, tudo o que podia fazer era esperar. Em seguida, veio aquele tom frenético de novo:

– Carter, é horrível, monstruoso, inacreditável!

Dessa vez, a minha voz não me decepcionou, e eu vomitei uma série de perguntas de maneira alvoroçada. Aterrorizado, eu continuava repetindo:

– Warren, o que é isso? O que é isso?

Mais uma vez, a voz do meu amigo, ainda rouca de medo e agora aparentemente salpicada de desespero, entoou:

– Eu não posso lhe dizer, Carter! Está muito acima dos nossos pensamentos, não ouso lhe contar, nenhum homem seria capaz de sobreviver após vê-lo. Deus amado, nunca havia sonhado com isso!

O desassossego me dominou novamente, salvo pelo meu fluxo incoerente de questionamentos alarmados. De repente, a voz de Warren irrompeu, extremamente consternada:

– Carter, pelo amor de Deus, coloque a lápide no lugar e fuja daqui se conseguir! Rápido, deixe tudo aí e saia imediatamente. Faça o que lhe peço e não queira explicações!

Ouvi aquilo, mas continuei a repetir as minhas perguntas desesperadas. Ao meu redor, via apenas tumbas, escuridão e sombras e, abaixo de mim, uma sensação de perigo iminente além da capacidade humana de imaginação. Entretanto, meu amigo estava em maior perigo do que eu, e, para além do medo, senti um vago ressentimento de que ele pudesse me julgar capaz de deixá-lo naquelas circunstâncias. Em seguida, mais cliques ecoaram e, após uma pausa, o grito abafado de Warren:

– Corra! Pelo amor de Deus, coloque a lápide de volta e saia daqui, Carter!

Algo no sotaque brincalhão do meu companheiro, evidentemente em apuros, libertou a minha coragem. Pensei e gritei em seu socorro:

– Warren, aguarde um pouco! Estou a caminho!

No entanto, ao dizer isso, o tom do meu ouvinte mudou para um verdadeiro grito de desespero:

– Não faça isso! Você não entendeu! É tarde demais, a culpa foi minha. Coloque a lápide de volta e corra, não há nada mais que eu ou você possamos fazer agora!

O tom de sua voz mudou novamente, soando agora um pouco mais resignada como se estivesse conformado. Mas ainda parecia tenso e me deixou ainda mais ansioso.

– Vá rápido, antes que seja tarde demais!

Tentei desconsiderar o que ele dizia, tentei quebrar a paralisia que me dominava e correr em seu socorro. Mas o sussurro seguinte me manteve acorrentado à inércia daquele terror.

– Carter, corra! Não vai adiantar nada, você precisa sair daqui, é melhor que um consiga fugir do que nenhum de nós, a lápide... – e, de repente, ouvi uma pausa, alguns cliques e a voz enfraquecida de Warren.

– O fim está próximo, não torne as coisas mais difíceis, cubra esses malditos degraus e corra pela sua vida, você está perdendo um tempo precioso. Adeus, Carter, não nos veremos de novo.

Nesse momento, o sussurro de Warren se transformou em um brado e depois em um grito de terror acumulado ao longo das eras.

– Malditas criaturas, são legiões, meu Deus! Corra, corra, corra!

Após o acontecimento, o silêncio retumbou. Não sei quantos longos anos permaneci sentado, estupefato, chamando Warren e gritando ao telefone. Ao longo desse tempo, sussurrei, berrei e urrei:

– Warren! Warren! Responda: você está aí?

A coroação daquele momento de terror veio logo depois, e foi inacreditável, inimaginável e quase inexprimível. Eu disse que anos e anos pareciam ter se passado diante de mim depois do último grito desalentador de Warren e que apenas os meus próprios gritos ecoavam em meio ao silêncio. Mas, após algum tempo, pude ouvir um som de clique pelo auscultador e me esforcei para ouvi-lo. Gritei "Warren, você está aí?", e em resposta ouvi aquilo que me causou esse turbilhão na mente. Eu não ouso tentar, senhores, explicar o que era aquela coisa e a voz que ouvi, tampouco sou capaz de descrevê-la em detalhes, já que as primeiras palavras foram suficientes para sugar a minha consciência e criar um hiato mental que vai até o momento em que acordei no hospital.

Preciso dizer que a voz parecia vir das profundezas e era oca, gelatinosa e velha? Além disso, parecia que vinha de um defunto desenterrado, de origem inumana. O que mais devo dizer? Este foi o final da minha experiência e é o final da minha história. Eu já não ouvia ou via mais nada, permaneci sentado como uma pedra naquele cemitério desconhecido, em meio às pedras dilaceradas e tumbas corroídas pelo tempo, em meio à vegetação malcheirosa e aos vapores miasmáticos. A coisa vinha das entranhas mais profundas da terra em meio ao sepulcro aberto. E, à medida que observei uma dança de sombras amorfas e necrófagas sob a maldição da lua pálida, pude escutar:

– Seu tolo, Warren está MORTO!

FIM

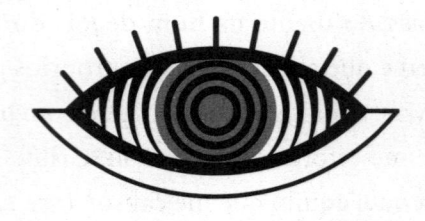

A COISA SOBRE A SOLEIRA DA PORTA

CAPÍTULO 1

É verdade que cravei seis balas na cabeça do meu melhor amigo. Ainda assim, espero poder demonstrar, com o meu depoimento, que eu não sou seu assassino. Primeiramente, devo ser chamado de louco, mais louco do que o próprio homem que matei dentro de uma cela no Sanatório de Arkham. Mais tarde, meus leitores deverão ponderar cada afirmação minha, correlacionarão as falas aos fatos conhecidos e questionarão como pude ter acreditado em qualquer outra coisa até encarar as evidências daquele terror, aquela coisa sobre a soleira da porta.

Até então, eu também não enxergava nada além de loucura nos contos selvagens que havia lido. Ainda agora, pergunto-me se fui enganado ou se não estou louco de fato. Não sei bem, mas outras pessoas contavam coisas estranhas sobre Edward e Asenath Derby, e até mesmo a polícia estólida foi astuta o bastante para explicar aquela última visita.

Eles tentaram fabricar uma teoria débil de uma brincadeira medonha ou um alerta de funcionários dispensados, porém, no fundo, eles sabem que a verdade é infinitamente mais terrível e inacreditável.

Portanto, afirmo que não matei Edward Derby. Ao contrário, vinguei-o e, ao fazê-lo, livrei a terra de um terror cuja sobrevivência teria despertado outros terrores ocultos sobre toda a humanidade. Há zonas escuras repletas de sombras entrelaçadas com os caminhos pelos quais passamos no dia a dia, e, ocasionalmente, uma alma diabólica consegue escapar por esses caminhos e chegar até nós. Quando isso acontece, o homem que reconhece tal alma deve destruí-la sem ponderar as consequências.

Conheci Edward Pickman Derby durante toda a vida. Ele era oito anos mais novo que eu e tão precoce que tínhamos muitas coisas em comum mesmo na época em que ele tinha oito anos e eu tinha dezesseis. Era o aluno mais fenomenal que conheci, e aos sete anos escrevia versos de angústia, fantasia e morbidez que estupefaziam seus professores. Talvez a educação privada e o isolamento recheado de mimos tenham contribuído para o seu florescer prematuro. Era filho único e tinha fraquezas orgânicas que assustavam os pais e lhes faziam manter o garoto embaixo das asas. Ele nunca pôde sair à rua sem a babá e raramente brincava com outras crianças livremente. Tudo isso motivou-o a viver uma vida secreta em que a imaginação era a sua única liberdade.

De qualquer forma, seus aprendizados juvenis eram tão prodigiosos quanto bizarros, e o dom da escrita cativou-me, apesar da diferença de idade. Naquela época, eu tinha uma propensão à arte grotesca e encontrei naquela criança um espírito raro e ao mesmo tempo familiar. O que jazia por trás do nosso interesse em comum pelas sombras e fantasias era, sem dúvida, a cidade sutilmente amedrontadora, putrefata e envelhecida em que vivíamos, amaldiçoada por bruxas e assombrada por lendas antigas: Arkham, cuja aglomeração de telhados holandeses e balaustradas georgianas em frangalhos havia sobrevivido aos séculos ao lado da escura e lamuriosa Miskatonic.

Com o passar do tempo, tornei-me um arquiteto e desisti de produzir as ilustrações de um livro de poemas demoníacos de Edward; ainda assim, a nossa amizade não foi abalada. A genialidade única do jovem Derby desenvolveu-se de forma magnífica e, aos dezoito anos, sua coletânea de poesias líricas atemorizantes foi uma grande sensação, especialmente quando lançadas com o título *Azathoth e outros horrores*. Ele era um grande admirador do poeta baudelairiano[43] Justin Geoffrey, que havia escrito *As pessoas do monólito* e que havia falecido em um sanatório em 1926, após uma visita sinistra e assombrada, na Hungria.

No entanto, em quesito de autoconfiança e assuntos mais práticos, Derby era um grande parvo, culpa de sua criação mimada. Sua saúde havia melhorado, mas a dependência quase infantil era nutrida pelos pais superprotetores, portanto nunca havia viajado sozinho, tomado decisões independentes ou assumido responsabilidades. Imaginavam que ele nunca seria dado a grandes esforços no meio empresarial ou profissional, mas a fortuna da família era tão grande que isso nunca representou um problema de fato. Mesmo depois de adulto, ainda mantinha um vestígio de infantilidade. O garoto, de cabelos loiros e olhos azuis, tinha a feição fresca como a de um pêssego, e sua tentativa de deixar crescer o bigode era apenas perceptível a curtas distâncias. Sua voz era suave e calma, e sua vida pouco exercitada lhe fornecera alguns quilos a mais em lugar da saliência característica de uma meia-idade prematura. Tinha uma altura considerável, e seu belo rosto poderia ter-lhe rendido o título de galã caso sua timidez não o tivesse forçado à reclusão e aos livros.

---

[43] Que escrevia à maneira do poeta francês Charles-Pierre Baudelaire. (N.T.)

Os pais de Derby viajavam com o garoto durante os verões, e logo ele apoderou-se dos aspectos superficiais do modo de pensar e expressar-se europeus. Seu talento para a escrita ao estilo de Poe[44] tornou-se cada vez mais decadente, e outros interesses e sensibilidades foram despertados de alguma maneira dentro dele. Travávamos discussões homéricas naqueles tempos. Eu tinha estudado em Harvard, ganhado experiência em um escritório de arquitetura em Boston, casado e finalmente voltava a Arkham para exercer a minha profissão. Alojei-me na propriedade familiar na Rua Saltonstall, já que meu pai havia se mudado para a Flórida por questões de saúde. Edward me visitava quase todas as noites, até que passei a considerá-lo um parente. Ele tinha um jeito característico de tocar a campainha ou ressoar a aldrava que parecia um código, tanto que, após o jantar, já esperava as três batidas rápidas seguidas por mais duas depois de uma pausa. Eu o visitava, sim, mas com menor frequência, e notava, com inveja, os volumes obscuros que se multiplicavam aos poucos em sua biblioteca.

Derby cursou o ensino superior na Universidade Miskatonic, em Arkham, pois seus pais não lhe permitiram estudar muito longe. Ele ingressou aos dezesseis anos e completou o curso em três anos, tendo se formado em Literatura Francesa e Inglesa com notas altas, exceto em matemática e ciências. No entanto, Derby saía pouco com os outros alunos, embora invejasse a ousadia da cena boêmia, do uso superficial de uma linguagem "maneira", da pose irônica e sem sentido e da postura dúbia, características as quais o garoto ansiava adotar.

No entanto, o que Derby adotou de fato foi o gosto pelo fanatismo devoto das crenças fantásticas e ocultas, assunto pelo qual a biblioteca da Universidade Miskatonic era, e ainda é, bastante famosa. Derby sempre foi um habitante da fantasia e da bizarrice e agora mergulhava

---

[44] Edgar Allan Poe foi um escritor estadunidense nascido no início do século XIX. É ainda hoje conhecido como o mestre do terror. (N.T.)

profundamente nas runas e nos enigmas deixados por um passado fabuloso para a orientação e estupefação da posteridade. Ele lia coisas como o temível *Livro de Eibon*, *Von unaussprechlichen Kulten*, de Von Junzt, e o proibido *Necronomicon*, do árabe louco Abdul Alhazred, embora nunca tivesse contado aos pais que os tivera lido. Edward tinha vinte anos de idade quando o meu único filho nasceu, e pareceu feliz quando nomeei o novo integrante da família de Edward Derby Upton em sua homenagem.

Quando tinha vinte e cinco anos, Edward Derby era um homem prodigiosamente culto e um poeta e fantasista conhecido em dimensões consideráveis, apesar de a falta de contatos e de responsabilidades terem contribuído para a desaceleração do seu crescimento literário, pois seus produtos eram demasiadamente parecidos e eruditos. Eu era, talvez, seu melhor amigo e sempre o considerei uma mina inesgotável de assuntos teóricos e vitais, enquanto ele me considerava um confidente para quaisquer assuntos que não podia abordar com os pais. Permaneceu solteiro, mais pela timidez, inércia e proteção parental do que por inclinação própria. Adentrava a sociedade de maneira perfunctória e mínima. Quando a guerra irrompeu, tanto sua saúde quando a sua timidez arraigada o mantiveram em casa. Eu, pelo contrário, fui a Plattsburg para um cargo de oficial, mas nunca cheguei a cruzar o oceano.

Os anos se passaram. A mãe de Edward faleceu quando ele tinha trinta e quatro anos de idade e durante meses ficou incapacitado por uma estranha enfermidade psicológica. Seu pai o levou à Europa, e ele pareceu ter conseguido superar suas questões sem grandes efeitos aparentes. Em seguida, passou a sentir uma animação grotesca, como se fosse uma fuga parcial de algum vínculo imaterial que estabelecera. Envolveu-se com a cena mais "alta" da universidade e em atos extremamente descontrolados, como na ocasião em que usou de extorsão (cujo dinheiro veio de mim) para manter-se longe dos olhos do pai em certo assunto. Alguns dos rumores obscuros a respeito da desvairada cena miskatoniana eram realmente ímpares. Havia, inclusive, boatos de magia negra e acontecimentos que ultrapassavam os limites da credibilidade lá dentro.

CAPÍTULO 2

Edward tinha trinta e oito anos quando conheceu Asenath Waite. Ela creio, trinta e três anos na época e cursava metafísica medieval em Miskatonic. Era morena, de estatura baixa e bela, mas com olhos incrivelmente protuberantes. Algo em sua expressão assustava as pessoas mais sensitivas. Porém, ela as repelia muito mais pelos assuntos sobre os quais falava do que por qualquer outro motivo. Integrava os Waites de Innsmouth, onde as lendas ocultas se multiplicaram por diversas gerações de maneira decadente, parcialmente isoladas em Innsmouth com sua gente. Há contos de barganhas horríveis feitas aproximadamente no ano de 1850 e de um elemento estranho "não precisamente humano" nas famílias antigas do menosprezado porto de pesca, contos como apenas os ianques dos velhos tempos poderiam criar e repetir com a devida genialidade.

O caso de Asenath foi agravado pelo fato de ser a filha de Ephraim Waite, criança nascida quando ele já era um senhor, e cuja mãe, desconhecida, ia e vinha com um véu sobre a cabeça. Ephraim morava em uma mansão parcialmente surrada na Rua Washington em Innsmouth e aqueles que conheceram o lugar (a população de Arkham evitava ir a Innsmouth sempre que possível) declaravam que as janelas do sótão estavam sempre cobertas por tábuas e que sons estranhos emanavam de lá ao anoitecer. O velho homem sempre fora conhecido como um aluno de mágica extraordinário quando jovem, e as lendas diziam que ele era capaz de provocar ou desfazer tempestades sobre o mar ao próprio capricho. Eu o vi uma ou duas vezes quando era mais novo quando veio a Arkham para realizar consultas na biblioteca da faculdade sobre livros proibidos. Eu detestei sua feição cruel e saturnina com um tufo de barba cinza-ferro. Ele morreu, louco, sob circunstâncias estranhas pouco antes de a filha (por vontade dele e por meio de tutelado nominal ao reitor) ingressar na Hall School, mas ela fora sua mais ávida aluna e se parecia diabolicamente com ele em certas ocasiões.

O amigo, cuja filha havia cursado faculdade com Asenath Waite, dizia muitas coisas curiosas quando as notícias da amizade entre ela e Edward começaram a circular. Parecia que Asenath era considerada uma bruxa na faculdade e realmente parecia apta a realizar feitiços inacreditáveis. Ela confessou que podia criar tempestades, embora seu sucesso aparente fosse, em geral, um misterioso truque de antevisão. Era notório o ódio que os animais nutriam por ela, e era capaz de fazer qualquer cão uivar por meio de certos movimentos da mão direita. Houve tempos em que demonstrou certos rompantes de conhecimento e linguagem que eram bastante singulares e chocantes para uma jovem garota, especialmente quando assustava os colegas com olhares lascivos e piscadelas de natureza inexplicável, bem como quando parecia extrair uma ironia jubilosa e obscena das situações.

Ainda mais incomum, no entanto, eram os casos confirmados de sua influência sobre as outras pessoas. Tratava-se, sem dúvida, de uma verdadeira hipnotista. Ao olhar de maneira peculiar na direção de um colega qualquer, era capaz de transmitir um sentimento distinto de troca de personalidades, como se o sujeito fosse transportado para o corpo dela momentaneamente e, do outro lado da sala, pudesse identificar seu próprio corpo, com aqueles olhos protuberantes, vidrados e a expressão inumana de Asenath. A moça tecia afirmações exuberantes sobre a natureza da consciência e a independência da estrutura física, ou pelo menos dos processos vitais dela. Sua raiva suprema, entretanto, devia-se ao fato de não ter nascido homem, já que acreditava que o cérebro masculino tinha certos poderes cósmicos inalcançáveis e singulares. Se sua massa encefálica fosse a de um homem, ela não poderia somente se igualar, mas ultrapassar seu pai em termos de maestria das forças obscuras.

Edward encontrou Asenath em uma reunião chamada "intelligentsia", realizada em uma das salas dos alunos, e não conseguia falar sobre mais nada quando a encontrou no dia seguinte. Ela estava ávida por conhecimento e erudição, o que mais o cativou; além disso, sentia-se bastante atraído por sua aparência. Eu nunca tinha visto a jovem moça e lembrava-se de algumas referências apenas vagamente, mas sabia quem ela era. Era lastimável que Derby se sentisse magnetizado daquela forma por ela, mas nunca lhe disse nada que o desmotivasse, já que a paixão geralmente surge nos opostos. Em contrapartida, ele disse que não mencionaria Asenath nas conversas com o pai.

Nas semanas seguintes, o jovem Derby quase não falou sobre Asenath. Outras pessoas comentavam sobre o cavalheirismo outonal de Edward, embora concordassem que ele não aparentava a idade que tinha de nenhuma forma ou que parecia uma escolta completamente inapropriada para sua divindade bizarra. Apesar da indolência e da autoindulgência, ele havia emagrecido, e já não se viam mais rugas em sua expressão. Asenath, pelo contrário, adquiriu pés de galinha prematuros que decerto vinham das atividades intensas que estaria conduzindo.

Foi nessa época que Edward trouxe a garota para que eu a conhecesse, e percebi que o interesse não era, de nenhuma forma, unilateral. Ela o olhava fixamente com um ar quase predatório, e percebi que a intimidade entre eles ia além da mera camaradagem. Pouco tempo depois, recebi uma visita do velho senhor Derby, o qual sempre admirei e respeitei. Ele ouvira sobre a nova amizade do filho e conseguira arrancar toda a verdade direto da boca do "garoto". Edward queria se casar com Asenath e buscava uma casa no subúrbio. Por saber da minha influência sobre o filho, o pai logo pensou que eu poderia auxiliar no término do relacionamento desaconselhado, mas expressei, de maneira pesarosa, minha dúvida acerca da probabilidade de que aquilo ocorresse. Dessa vez, não era uma questão da fraqueza de Edward, mas da fortaleza da mulher com a qual ele se relacionava. Aquela criança serena havia deslocado a dependência que tinha na imagem dos pais para uma imagem nova e ainda mais forte, e nada mais poderia ser feito a respeito disso.

Realizaram o casamento no mês seguinte, por meio de um juiz de paz, de acordo com o pedido da noiva. O senhor Derby, seguindo meu conselho, não se opôs a ele. Minha esposa, meu filho e eu comparecemos à breve cerimônia; os outros convidados eram jovens tempestuosos da faculdade. Asenath havia comprado a casa Crowninshield no final da Rua High, e eles decidiram assentar-se lá depois de uma rápida viagem a Innsmouth, para onde três funcionários, alguns livros e utensílios domésticos deveriam ser levados. Provavelmente não custaria muito a Edward e ao pai, como um pedido pessoal, que ficassem próximos da faculdade, da biblioteca e da alta classe, o que fez Asenath alojar-se em Arkham em vez de retornar à sua casa permanentemente.

Assim que Edward me visitou, após a lua de mel, observei que ele tinha a aparência mudada. Asenath o fizera livrar-se do bigode quase imperceptível, mas não era só isso. Ele parecia mais soberbo e pensativo, sua expressão habitual de rebeldia infantil havia sido trocada por um verdadeiro olhar melancólico. Naquele momento, certamente parecia mais adulto do que jamais fora. Talvez o casamento fosse algo bom; a mudança de dependência inicial não deveria conduzir a uma verdadeira neutralização e resultar, por último, em uma independência responsável? Viera sozinho, pois Asenath estava muito ocupada. Ela havia trazido uma grande quantidade de livros e aparelhos de Innsmouth (Derby se arrepiou ao falar esse nome) e estava finalizando a restauração da casa Crowninshield e do terreno.

Sua casa, naquela cidade, era um local bastante asqueroso, mas certos objetos lá dentro haviam lhe ensinado coisas surpreendentes. Ele progredira rapidamente na arte das crenças esotéricas com a ajuda de Asenath. Alguns dos experimentos que ela propunha eram muito ousados e radicais, e, embora não se sentisse à vontade para descrevê-los, confiava cegamente nos poderes e intenções da esposa. Os três funcionários eram bastante soturnos: um casal de idade avançada, os quais se referiam a Ephraim e à mãe já falecida de Asenath de maneira um tanto críptica, e uma jovem mocinha de tez morena que tinha características anômalas e parecia exalar um odor constante de peixe.

CAPÍTULO 3

Nos dois anos que se seguiram, vi Derby raras vezes. Às vezes, uma quinzena se passava sem que as batidas "três-pausa-dois" ressoassem à minha porta, e, quando me visitava, ou, assim como passou a ocorrer com raridade, quando eu mesmo ia até ele, Edward já não tinha interesse em conversar sobre os assuntos de antes. Ele se tornou um homem cheio de segredos sobre os estudos ocultos que antes gostava de descrever e os discutia superficialmente ou preferia não falar sobre a esposa. Ela havia envelhecido de súbito depois do casamento até o atual momento, o que parecia bastante incomum, pois aparentava ser muito mais velha do que ele. Seu rosto carregava uma expressão de determinação concentrada como nunca vira, e sua aparência, em geral, parecia ter adquirido certa repulsa deslocada e vaga. Minha esposa e filho também notaram, tanto quanto eu, e paramos de endereçá-la, ao que Edward admitiu, em um dos seus momentos infantis e pouco diplomáticos, que ela havia se sentido absolutamente agradecida. Às vezes, os Derbys faziam viagens longas, geralmente à Europa, apesar de Edward preferir destinos mais obscuros.

Foi após um ano que as pessoas começaram a comentar sobre a diferença em Edward Derby. As conversas eram casuais, para variar, mas puramente psicológicas e traziam questões interessantes. Com frequência, parecia que Edward era visto fazendo coisas estranhas e com uma expressão incompatível com sua natureza pouco energética. Por exemplo, apesar de não dirigir no passado, agora era visto muitas vezes na velha garagem da propriedade Crownshield com o poderoso Packard de Asenath, manuseando-o com maestria e enfrentando engarrafamentos com habilidade e determinação que nunca foram da sua natureza. Nessas ocasiões, parecia estar sempre voltando ou prestes a iniciar uma nova viagem. Que tipo de viagem, no entanto, ninguém jamais conseguiu descobrir, mas dirigia constantemente na estrada de Innsmouth.

Por misterioso que fosse, a metamorfose não lhe parecia tão agradável. As pessoas diziam que ele parecia muito com a esposa ou com o próprio velho Ephraim Waite nesses momentos, ou talvez essas situações parecessem antinaturais por serem raras. Às vezes, horas após pegar a estrada, voltava apático e esparramado no banco de trás enquanto um chofer evidentemente contratado ou um mecânico dirigia seu carro. Além disso, seu ar predominante nas ruas durante a decadência de sua capacidade de socialização (incluindo, posso afirmar, comigo) era o mesmo de sempre; na verdade, sua timidez parecia ainda mais destacada do que no passado. Enquanto a feição de Asenath havia envelhecido, Edward, exceto em ocasiões excepcionais, parecia exageradamente imaturo, salvo quando o novo traço de melancolia ou de entendimento se sobressaía. Tudo era muito intrigante. Enquanto isso, os Derbys cessaram o contato com o círculo mais agitado da faculdade, não por repulsa, mas porque algo em seus estudos atuais chocava até mesmo as mentes mais perversas e impiedosas.

Foi no terceiro ano de casamento que Edward começou a dar sinais, para mim, de que se sentia assustado e infeliz. Ele dizia frases como "as coisas estão indo longe demais" e falava de maneira velada sobre sua necessidade de "assumir sua identidade". No início, ignorei as referências, mas, em tempo, passei a questioná-lo cuidadosamente, lembrando que a filha do meu amigo havia comentado sobre a influência hipnótica de Asenath sobre outras garotas durante o colégio, aqueles casos em que as alunas relataram sobre a troca de corpos e de conseguirem ver-se do outro lado da sala. Este questionamento pareceu alarmá-lo e aliviá-lo ao mesmo tempo, então ele murmurou algo sobre ter uma conversa séria comigo mais tarde. Foi nessa época que o velho senhor Derby faleceu, evento que, em seguida, me trouxe um sentimento de gratidão. Edward ficou mal, mas não perdeu seu norte como na morte da mãe, pois viu o pai raras vezes após o casamento. Asenath conseguira concentrar nela própria o senso vital de vínculo familiar. Algumas pessoas o julgaram como insensível em relação à morte do pai, especialmente porque o ar garboso e confiante na condução de seu automóvel se intensificou após o acontecimento. Agora, desejava voltar à velha mansão da família, mas Asenath insistia em ficar em Crownshield, à qual ela havia se adaptado bem.

Pouco tempo depois, minha esposa ouviu algo curioso de uma amiga, uma das poucas que ainda não havia rechaçado o casal Derby. Ela estava no final da Rua High, a caminho de uma visita ao casal, e viu um automóvel acelerar na estrada: era Edward quem estava ao volante com seu ar confiante e irônico. Ao tocar a campainha, foi avisada pela garota repulsiva que Asenath também não se encontrava, portanto despediu-se e observou a casa de longe. No alto, em uma das janelas da biblioteca de Edward, ela pôde ver, de relance, um rosto se retirando, com uma expressão de dor, fracasso e, sobretudo, com uma desesperança melancólica. Era, por incrível que pareça, e apesar do seu poder dominador, o rosto de Asenath, mas a visitante afirmou que, naquele mesmo instante, eram senão os olhos baixos do pobre Edward que olhavam através da janela.

Os chamados de Edward se tornaram um pouco mais frequentes, e seus palpites se tornaram declarações ainda mais concretas. O que ele dizia tinha de ser considerado, especialmente na Arkham secular e assombrada por tantas lendas. Ele falava sobre suas crenças obscuras com toda sinceridade e convicção, a ponto de gerar preocupação quanto à sua sanidade. Ele discorria sobre reuniões terríveis em lugares isolados, sobre ruínas ciclópicas no coração da floresta Maine, sob a qual amplos lances de escadas levavam aos abismos de segredos noturnos, falava sobre ângulos complexos que eram capazes de conduzi-lo através de paredes a outras regiões no espaço e no tempo, bem como de trocas de personalidade que permitiam explorações de lugares remotos e proibidos em outros mundos e em contínuos diferentes no espaço-tempo.

Comprovava suas ideias, vez ou outra, por meio da exibição de objetos perturbadores que eram indefinidamente coloridos e surpreendentes e possuíam texturas nunca vistas na Terra. Além disso, suas curvas e superfícies inacreditáveis não atendiam a nenhum propósito aparente nem seguiam geometria concebível. Essas coisas, dizia ele, tinham vindo "de fora", e sua esposa é quem sabia como obtê-las. Às vezes, enquanto murmurava, tomado por um sentimento de apreensão, Edward sugeria coisas sobre o velho Ephraim Waite, o qual teria visto certa vez na biblioteca da faculdade nos tempos passados. Tais explicações nunca eram muito específicas, mas pareciam girar em torno da dúvida assombrosa a respeito da morte do velho mago, tanto no sentido espiritual quanto no corpóreo.

Em certos momentos, Derby pausava abruptamente suas revelações e questionava-se se Asenath poderia ser capaz de ouvi-lo mesmo a longa distância, então rompia o discurso ao meio como se fora absorto por um tipo de hipnose telepática, o mesmo tipo de poder que Asenath demonstrava no colégio. Sem dúvida, ela suspeitava de que o marido confidenciava algumas coisas a mim, pois, com o passar das semanas, tentou impedir as visitas de Edward com palavras e olhares de uma potência avassaladora. Ele conseguia, sim, fazer-me algumas visitas, mas com grande dificuldade, pois, apesar de fingir que estava indo a outro lugar, uma força invisível parecia obstruir seus movimentos e provocava total oblívio acerca de seu destino naquele momento. Suas visitas geralmente ocorriam quando Asenath estava "absorta dentro do próprio corpo", conforme disse certa vez. No entanto, ela sempre descobria, pois os funcionários passaram a vigiá-lo em suas idas e vindas, e evidentemente julgava inadequado tomar medidas mais drásticas.

CAPÍTULO 4

Derby estava casado há mais de três anos naquele agosto em que recebi o telegrama de Maine. Eu não o via há dois meses, mas tinha ouvido falar que ele estava fora "a negócios". Asenath deveria estar com ele, apesar de rumores atentos correrem acerca do fato de que alguém estaria na casa espiando por trás das cortinas das janelas. Observavam as compras feitas pelos funcionários da casa. Finalmente, o chefe de polícia da cidade capturou o homem louco e maltrapilho que havia saído do meio da floresta de Chesuncook em meio a alucinações delirantes e clamores por proteção. Era Edward, e ele conseguiu lembrar o próprio nome e endereço.

Chesuncook era provavelmente o cinturão florestal mais selvagem, denso e inexplorado em Maine, e, para chegar lá de carro, levei um dia inteiro recheado de vigor, através do cenário fantástico e proibido. Encontrei Derby em uma cela, em meio a uma cidade rural, alternando entre frenesi e apatia. Ele me reconheceu e começou a vomitar coisas sem sentido, uma verdadeira torrente de palavras sem coerência em minha direção.

"Dan, pelo amor de Deus! A cova dos *shoggoths*! Seis mil degraus terra abaixo... a abominação das abominações... eu nunca deixaria que me dominasse, e de repente percebi que estava lá. *Ia! Shub-Niggurah!* A figura se ergueu do altar e cinco mil uivaram. A Coisa Encapuzada berrou: '*Kamog!*' Era o nome secreto do velho Ephraim no conciliábulo. Eu estava lá onde ela prometeu que não me buscaria. Um minuto antes, eu estava trancado na biblioteca, para onde ela havia levado meu corpo, em um lugar de absoluta blasfêmia e profanidade, onde o reino oculto nasce e onde há um observador que guarda seus portões. Vi um *shoggoth*, mas ele mudou de forma. Não aguento mais. Vou matá-la se ela me levar para lá novamente. Eu mato aquela entidade, ela, ele, seja lá o que aquela coisa for! Eu mato aquilo com as minhas próprias mãos".

Levou uma hora para que eu pudesse acalmá-lo, mas consegui ao final. No dia seguinte, comprei-lhe roupas decentes na vila e saí com ele em direção à Arkham. Sua fúria histérica havia passado, e ele tendia mais ao silêncio agora, apesar de ter murmurado consigo mesmo e de maneira obscura quando passamos de carro por Augusta, como se a visão da cidade lhe trouxesse memórias desagradáveis. Era óbvio que não queria ir para casa e, considerando as alucinações fantásticas que tinha sobre a esposa, delírios sem dúvida derivados de algum surto hipnótico do qual fora objeto, pensei que seria melhor que não fosse para sua casa. Resolvi que o alojaria comigo por um tempo, independentemente da situação desagradável em que me meteria com Asenath. Mais tarde, eu o ajudaria a conseguir o divórcio, pois deviam existir fatores mentais que haviam tornado o casamento um motivo de suicídio para Edward. Quando adentramos o interior novamente, os murmúrios de Derby passaram e, então, permiti que ele cochilasse ao meu lado, no banco do passageiro.

Durante a nossa corrida em meio ao pôr do sol e, depois, ao passar por Portland, Edward começou a murmurar uma vez mais e, agora, de maneira ainda mais estranha do que antes. Ao ouvi-lo com atenção, pude perceber um fio de sanidade naquele disparate de palavras que diziam respeito a Asenath. Era evidente que os nervos à flor da pele e o estado de demência haviam sido provocados pela esposa. Entretanto, aquela enrascada, murmurava ele furtivamente, era apenas uma em meio a uma série de outras pelas quais havia passado. Ela se apossava do corpo de Edward com mais afinco e sabia que algum dia conseguiria dominá-lo por completo. Naquele mesmo instante, ela provavelmente havia se desprendido dele, pois não conseguia se transmutar por muito tempo. Dominava o corpo físico de Edward e o levava a inúmeros lugares e ritos, atava-lhe ao seu próprio corpo e o mantinha trancado no andar inferior. No entanto, nem sempre conseguia mantê-lo nessa situação por muito tempo e, então, ele apercebia-se de volta ao corpo físico, mas em algum lugar longínquo, assustador e desconhecido. Em certas ocasiões, ela conseguia segurá-lo dentro de si; em outras, não. Diversas vezes foi deixado naquele estado em que o encontrei e tinha de achar um jeito de voltar para casa apesar da distância e sem deixar que ninguém dirigisse seu carro após encontrá-lo.

O pior é que ela usava o corpo dele por períodos cada vez mais longos. Ela queria ser um homem, em sua completude, motivo pelo qual ela se uniu a Edward. Havia farejado o cérebro perspicaz de Edward e, ao mesmo tempo, sua determinação débil. Asenath sabia que algum dia dominaria o marido em absoluto e, então, desapareceria com o seu corpo para tornar-se um grande mago, como seu pai fora, e o deixaria prisioneiro naquela concha feminina com características sobre-humanas. Sim, agora ele sabia sobre o sangue de Innsmouth, pois certa troca havia sido feita com uma divindade do mar, algo horrível. Então, o velho Ephraim, o qual sempre soubera daquele segredo, fez algo terrível para manter-se vivo quando se percebeu demasiadamente velho. Ephraim queria viver para sempre, e Asenath era a solução. Ela era, portanto, a personificação daquele desejo.

À medida que Derby murmurava, virei-me para olhar para ele, mais de perto, e obtive uma impressão diferente que um escrutínio anterior já me havia revelado. De maneira paradoxal, ele parecia estar em melhor forma do que antes, mais vigoroso, mais desenvolto, e o traço de flacidez doentia causada pelos hábitos indolentes havia se esvaído. É como se tivesse se exercitado, de maneira adequada, pela primeira vez em toda a sua vida mimada, e eu julgava que a força de Asenath poderia tê-lo levado a uma vida inusitada, repleta de movimentações e de vigilância. No entanto, naquele exato momento, sua mente estava em um estado deprimente, pois murmurava extravagâncias sobre a esposa, bem como sobre magia negra, o velho Ephraim e sobre uma revelação convincente. Ele repetia nomes que eu reconhecia de folhear livros antigos e proibidos, e em certos momentos ele me apavorou ao falar sobre uma corrente mitológica de maneira tão consistente, ou com tamanha coerência, que parecia caminhar com ele em seu divagar. Porém, pausava de quando em quando, como se quisesse reunir a coragem para um desfecho final e terrível.

"Dan, Dan, você não se lembra dele, olhos selvagens e uma barba desleixada que nunca transparecia a idade? Ele fixou os olhos em mim certa vez e eu nunca me esqueci. Agora, é ela quem fixa os olhos em mim da mesma maneira. E eu sei por quê! Ele havia encontrado a fórmula no *Necronomicon*. Ainda não sei lhe dizer qual página, mas, assim que eu descobrir, certamente você vai ler e compreender. E então saberá o que me tragou. E assim por diante, por diante, e por diante, corpo a corpo a corpo, ele nunca quis morrer. O brilho da vida, ele sabe como desfazer a ligação, pode até tremeluzir por um tempo enquanto o corpo está morto. Eu lhe darei algumas dicas, e talvez você descubra. Escute, Dan. Você sabe por que minha esposa suporta tantas dores com a tolice daquela escrita inclinada para o lado esquerdo? Você já viu algum manuscrito do velho Ephraim? Quer saber por que eu sempre tremi de medo ao ver as anotações apressadas de Asenath?"

"Asenath, essa pessoa existe? Por que pensaram na possibilidade de que o velho Ephraim havia sido envenenado? Por que os Gilmans sussurram pelos cantos sobre a maneira como ele gritava feito uma criança assustada quando enlouqueceu e Asenath o trancafiou no sótão? Aquele em que os outros estavam... Foi a alma do velho Ephraim que foi trancada? Quem trancou quem, afinal? Por que estaria à procura de alguém fraco, porém de mente perspicaz? Por que amaldiçoava o fato de a garota não ter nascido homem? Diga-me, Daniel Upton, que troca maldita foi perpetrada na casa do horror onde aquele monstro assombroso criava sua criança semi-humana, honesta e fraca, deixada à própria misericórdia. Ele não eternizou a situação, como ela fará comigo afinal, não é mesmo? Diga-me por que a coisa que se autointitula Asenath escreve de maneira diferente quando não está sob vigia? Por que não quer que notem sua verdadeira letra...?"

De repente, aconteceu. A voz de Derby tornou-se mais alta e aguda à medida que esbravejava e, instantes depois, foi praticamente desligada como por um clique mecânico. Pensei sobre as outras ocasiões em minha casa, quando os momentos de confidência de Edward eram paralisados de súbito por meio de algum tipo de onda telepática e obscura transmitida através da mente de Asenath, que tentava intervir para silenciá-lo. Isso, no entanto, foi algo muito chocante, e eu me senti aterrorizado. Seu rosto começou a contorcer-se de maneira quase irreconhecível enquanto uma espécie de corrente elétrica parecia passar por todo o seu corpo, como se todos os órgãos, músculos, nervos e glândulas tentassem se ajustar a uma postura, temperamento e personalidade radicalmente diferentes.

Onde o horror jazia, entretanto, eu não poderia dizer pelo amor da minha própria vida. Porém, fui inundado por uma onda doentia e repulsiva, por um senso congelante e petrificador de pura bizarrice e anormalidade, a ponto de debilitar a minha própria força ao volante e confundir meu senso de direção. Agora, a figura ao meu lado já não se parecia mais com o amigo de longa data, mas com um intruso abominável e de outro mundo, uma coisa completamente diabólica e amaldiçoada, derivada de um cosmos maligno e desconhecido.

Titubeei apenas durante um momento, e, antes que aquele episódio terminasse, meu companheiro já me havia forçado a dar lugar a ele ao volante. A escuridão era bastante densa, e as luzes de Portland pareciam muito distantes, a ponto de sequer enxergar seu rosto. A chama em seus olhos, em contrapartida, era fenomenal e, então, imaginei que ele estaria naquele estado bizarramente energizado, tão diferente de quem ele era e que tantas pessoas já haviam notado. Parecia ao mesmo tempo estranho e inacreditável que o apático Edward Derby, aquele que nunca conseguira impor-se e, sobretudo, aquele que nunca aprendera a dirigir, estivesse me dando ordens e me houvesse tirado da direção do meu próprio carro. Mas foi exatamente isso o que ocorreu. Ele se manteve em silêncio por um tempo, e em meio a um horror inexplicável, respirei aliviado.

Sob as luzes de Biddeford e Saco, vi seus lábios selados e tremi novamente ao observar seus olhos em chamas. Os rumores estavam certos, ele se parecia muito com a esposa maldita e com o velho Ephraim quando absorto naquele frenesi. Eu não diria que era um estado desagradável, mas era certamente sobrenatural, e senti algo ainda mais sinistro em razão dos delírios que havia presenciado. Aquele homem, que eu conhecia desde tenra idade e que respondia pelo nome de Edward Pickman Derby, era agora um verdadeiro estranho, um intruso derivado de um tipo de abismo oculto.

Ele não proferiu nenhuma palavra até que chegássemos a determinado trecho da estrada e, quando falou, sua voz era outra, completamente irreconhecível. Era uma voz mais grave e firme e denotava uma assertividade alheia à voz de Edward. Além disso, seu sotaque e pronúncia tinham mudado, pareciam mais vagos e distantes e, de maneira perturbadora, remetiam-me a algo que eu não conseguia definir bem. Havia, no entanto, um traço profundo e genuíno de ironia em seu timbre, diferente da versão ostentosa, garbosa, vã e pseudoirônica, comumente adotado por Derby, de um adulto imaturo que julgava seu próprio falar como "sofisticado". A isso somava-se algo de fúnebre, básico, perverso e potencialmente demoníaco nele. Surpreendi-me diante da confiança em si mesmo após os murmúrios afetados.

"Espero que não leve as minhas crises em consideração, Upton", ele dizia. "Você sabe como sofro dos nervos, e espero que desculpe essas falhas. Fico muito grato pela carona até a minha casa."

"Também espero que desconsidere todas as loucuras que eu posso ter dito sobre minha esposa, e sobre todo o resto. Esse é o resultado de longas horas de estudo em uma área como a minha. Minha filosofia é povoada por conceitos bizarros, e, quando a mente se esgota, ela cria todo tipo de aplicações concretas e imaginárias. Preciso descansar de agora em diante, não nos veremos durante algum tempo, e não culpe Asenath por isso."

"A última viagem foi um tanto estranha, mas a ideia era simples. Há certas relíquias indianas nas florestas do norte como pedras eretas, e tudo o mais que possa remeter a crenças antigas; eu e Asenath, portanto, estamos estudando essas coisas mais de perto. Foi uma busca difícil, e parece que perdi o controle sobre minha mente em algum momento. Pedirei que alguém busque o carro quando chegar em casa. Um mês de relaxamento será o suficiente para recobrar meu eixo."

Não me lembro exatamente o que disse durante a conversa, pois a estranheza desconcertante exalada pelo meu colega preencheu cada brecha da minha consciência. A cada momento, o sentimento de terror cósmico esquivo ganhava maiores proporções, até a medida em que eu ansiava mais do que tudo pelo fim daquela viagem. Derby não abriu mão do volante em nenhum momento, e eu me sentia satisfeito com a velocidade em que Portsmouth e Newburyport se aproximavam de nós.

No cruzamento onde a estrada principal leva ao interior e se distancia de Innsmouth, senti certo medo de que meu guia desviasse pela orla sombria da estrada que levava àquele lugar assombroso. Não o fez; no entanto, desviou rapidamente, passando por Rowley e Ipswich na direção desejada. Chegamos a Arkham antes da meia-noite e encontrei as luzes ainda acesas na velha casa Crowninshield. Derby deixou o carro em meio a uma repetição de agradecimentos apressados, então pude seguir em direção à minha casa tomado por um curioso sentimento de alívio. Tinha sido uma viagem horrível, pior ainda, pois eu não conseguia identificar o porquê daquele sentimento e lamentava o prognóstico silencioso de Derby durante boa parte do tempo em que esteve em minha companhia.

Os dois meses que se seguiram foram repletos de rumores. As pessoas falavam sobre o estado ainda mais energizado de Derby, e Asenath quase nunca estava em casa para receber seus visitantes. Recebi apenas uma visita de Edward, quando ele pegou o carro de Asenath, devidamente recuperado de onde o havia deixado em Maine, para recolher alguns livros que havia emprestado a mim. Ele estava absorto em seu novo estado e falou o suficiente para tecer observações evasivamente educadas. Era evidente que não tinha mais o que discutir comigo quando tomado por essa nova condição, e eu notei que ele sequer se importara em ressoar a aldrava com o toque "três-pausa-dois", como sempre fazia ao visitar-me. Desde aquela noite no carro, eu sentia um pavor enfraquecido, mas aterrador, o qual eu não conseguia explicar, até que sua rápida despedida me trouxe um alívio sem tamanho.

Em meados de setembro, Derby esteve fora por uma semana, e alguns alunos da faculdade começaram a falar sobre o assunto com algum conhecimento de causa, algo a respeito de uma reunião com um líder de culto notável, expulso de Londres há pouco e que havia estabelecido uma nova filial em Nova Iorque. De minha parte, ainda não conseguia tirar a viagem de Maine da cabeça. A transformação que havia testemunhado afetou-me profundamente. Eu ruminava a todo momento sobre o que era aquela coisa, bem como o horror que aquilo me havia causado.

Entretanto, os rumores mais bizarros eram aqueles sobre os prantos soluçantes que vinham da velha casa Crowninshield. A voz parecia feminina, e os mais novos pensavam que era de Asenath. Era ouvida em raros intervalos e às vezes parecia tentar conter-se à força. Havia conversas sobre uma investigação, descontinuada em certo dia que Asenath apareceu nas ruas e conversou de maneira vívida com um grande número de conhecidos enquanto desculpava-se pela ausência recente e falava incidentalmente sobre o ataque de nervos e histeria de um convidado de Boston. O suposto convidado nunca tinha sido visto, mas a feição de Asenath era suficientemente persuasiva. Em seguida, alguém tornou a situação mais complicada ao espalhar pela cidade que os prantos eram, vez ou outra, entoados por um homem.

Em uma noite, em meados de outubro, ouvi as batidas familiares de Edward à porta. Ao abri-la, encontrei-o sobre a soleira da entrada e notei, por um instante, que quem estava lá era o velho Edward, aquele que eu havia conhecido há tantos anos, antes dos delírios daquela viagem terrível de Chesuncook. Sua feição, no entanto, pareceu contorcer-se com uma mistura de emoções estranhas, mas um ar de vitória predominava. Ao fechar a porta atrás dele, percebi que olhou de maneira furtiva sobre os ombros.

Seguindo-me desajeitadamente até o escritório, ele pediu uísque para controlar os nervos. Contive-me e não perguntei o motivo e esperei até que ele começasse a desembuchar. Ao longo da conversa, ele transmitiu algumas informações como se estivesse engasgado.

"Asenath se foi, Dan. Conversamos muito ontem à noite enquanto os funcionários estavam fora e pedi que parasse de abusar de mim. Claro que eu tinha alguns... alguns motivos particulares sobre os quais nunca lhe falei. Ela tinha de ceder, mas ficou assustadoramente enfurecida. Então, fez as malas e foi a Nova Iorque, desceu e pegou o trem das oito e vinte para Boston. Bem, acho que as pessoas vão espalhar a notícia, mas isso eu não posso evitar. Apenas lhe peço que não fale sobre o nosso desentendimento, apenas diga que ela está fora por um longo tempo para assuntos de pesquisa."

"Ela provavelmente vai ficar com um de seus grupos horríveis de devotos. Espero que vá para o oeste e peça o divórcio. De qualquer forma, pedi que prometesse ficar longe de mim e me deixar em paz. Foi horrível, Dan. Ela se apossava do meu corpo, me sufocava e me tornou um prisioneiro dela. Eu tentava me esconder e fingir que permitia que ela me usasse, mas tinha de vigiá-la. Eu conseguia planejar e agir com cautela, pois ela não conseguia ler a minha mente literalmente nem em detalhes. Tudo o que ela conseguia ler era o meu planejamento de algum tipo de rebelião, pois ela sempre me julgou indefeso. Nunca imaginou que eu seria capaz de sugar o melhor que existia nela, pois eu tinha um ou dois truques na manga."

Derby olhou por cima dos ombros e encheu o copo de uísque novamente.

"Paguei os malditos funcionários dela esta manhã assim que voltaram. Eles não gostaram nem um pouco, fizeram algumas perguntas, mas foram. Eles são parte dela, gente de Innsmouth, são como unha e carne. Espero que me deixem em paz. Nunca gostei da maneira como riam-se pelas minhas costas. Agora, preciso recuperar o maior número dos antigos funcionários do papai. Vou voltar para a minha casa agora."

"Você deve pensar que sou louco, Dan. Mas a história de Arkham remete a coisas que fundamentam tudo o que eu lhe disse e o que vou lhe dizer. Você viu uma das mudanças também, no seu carro, após contar-lhe sobre Asenath enquanto voltávamos de Maine. Aquele foi o momento em que ela se apossou de mim, expulsou-me do meu próprio corpo. A última coisa que me lembro foi de estar agitado enquanto lhe contava sobre o demônio que ela é. E, então, Asenath tomou o controle do meu corpo e em um segundo eu estava em casa novamente, na biblioteca onde os funcionários me trancafiavam e, para piorar, naquele maldito corpo diabólico que sequer é humano. Foi ela quem você levou para casa naquele dia, aquela loba sanguinária. Você deve ter percebido a diferença!"

Estremeci quando Derby parou de falar. Eu, de fato, tinha notado a diferença, mas podia aceitar aquela explicação insana? O meu interlocutor parecia cada vez mais exaltado.

"Eu tinha de me salvar, eu tinha, Dan! Ela teria me dominado para sempre e me levado para a celebração do Dia dos Mortos, quando acontece o sabá, nas terras além de Chesuncook, e o sacrifício teria selado seu domínio sobre mim. Ela desejava apossar-se do meu corpo para sempre e, de fato, teria conseguido um corpo de homem completamente humano, pois era tudo o que ela mais queria. Suponho que planejava colocar-me dentro de si e, então, mataria o próprio corpo junto comigo. Maldita seja! Assim como ela fez antes, ou melhor, assim como aquela coisa havia feito antes." Agora, o rosto de Edward estava distorcido de maneira atroz, e ele começou a aproximar-se de mim de maneira desconfortável à medida que sua voz altiva transformou-se em um sussurro.

"Você sabe o que eu quis dizer aquele dia, no carro, não é mesmo? Eu quis dizer que aquela não é a verdadeira Asenath, mas o velho Ephraim. Suspeitei durante um ano e meio e agora estou convicto disso. A letra dela transparece a de Ephraim quando não está sendo vigiada. Às vezes, escreve uma nota qualquer exatamente como nos manuscritos do pai, cada detalhe, e às vezes diz coisas que ninguém além de um velho como Ephraim diria. Ele permutou de corpo com ela quando viu a morte se aproximar. Ela era a única com o cérebro e a fraqueza que ele precisava. Então, apossou-se do corpo de Asenath permanentemente, assim como quase fez comigo, e depois envenenou o seu próprio corpo, onde a havia aprisionado. Você não notou a alma de Ephraim brilhar através dos olhos daquele demônio, e dos meus, quando dominou meu corpo naquele dia?"

O sussurro estava cada vez mais ofegante, e então Edward teve de recobrar o fôlego. Eu não disse nada e, então, seu tom de voz voltou quase ao normal. Isso, eu pensava, era um caso de hospício, mas eu não seria quem o mandaria para lá. Talvez o tempo e a liberdade de Asenath fossem suficientes para a recuperação. Era notável que ele não mergulharia no ocultismo mórbido outra vez.

"Ainda hei de lhe contar mais, mas preciso descansar bastante agora. Quero que saiba sobre os horrores proibidos aos quais fui submetido, coisas pré-históricas que agora mesmo inflamam os cantos remotos do mundo com padres monstruosos que mantêm essas lendas vivas. Algumas pessoas sabem coisas sobre o universo que ninguém ousaria saber. Outras têm a capacidade de fazer coisas que ninguém seria capaz de fazer. Infelizmente, mergulhei e me atolei nisso, mas é o fim para mim. Se eu pudesse, hoje, queimaria o maldito *Necronomicon* e todo o resto se fosse bibliotecário em Miskatonic."

"Mas ela não pode me dominar agora. Preciso fugir daquela casa amaldiçoada o quanto antes e voltar para a minha casa. Você vai me ajudar se eu precisar, eu sei disso. Além do mais, aqueles funcionários diabólicos, sabe... as pessoas podem questionar demais a ausência de Asenath. Você vê por que não posso passar o endereço dela? Há certos grupos de pesquisadores, certas seitas, que podem não compreender o nosso término... Algumas delas têm ideias e usam métodos detestáveis. Sei que ficará ao meu lado se qualquer coisa acontecer, mesmo se eu tiver de lhe contar coisas chocantes..."

Naquela noite, ofereci um dos quartos de hóspedes a Edward para que pudesse passar a noite. De manhã, ele parecia mais calmo. Discutimos algumas possibilidades sobre sua volta à mansão dos Derbys e torcia para que não perdesse tempo com a mudança. Ele não ligou na noite seguinte, mas o vi com frequência durante as semanas que se seguiram. Conversamos pouco sobre coisas estranhas e desagradáveis, mas falamos intensamente sobre a renovação da velha propriedade de sua família e sobre as viagens que havia prometido realizar no verão seguinte comigo e com o meu filho.

Sobre Asenath, mal conversamos, pois eu já havia percebido que o assunto era particularmente perturbador. As fofocas, claro, eram abundantes, mas nenhuma novidade em relação ao cotidiano doméstico da velha Crownshield. Porém, algo que me incomodou foi a maneira chistosa com a qual o financiador de Derby havia deixado escapar algo no Clube Miskatonic. Segundo ele, Edward enviava cheques regularmente a um tal de Moisés e Abigail Sargent, bem como a Eunice Babson, em Innsmouth. Parecia que os funcionários mal-encarados estavam extorquindo algum tipo de dinheiro dele, mas Edward não havia comentado comigo.

Eu ansiava pela chegada do verão e pelas férias de Harvard de meu filho, para que pudéssemos ir à Europa com Edward. No entanto, ele não parecia ter se recuperado tão rápido quanto eu esperava, pois havia um tom de histeria nos ocasionais momentos de agitação; além disso, o medo e a depressão se tornaram ainda mais evidentes. A casa dos Derbys ficou pronta em dezembro, mas Edward postergava a mudança cada vez mais. Embora detestasse e temesse Crownshield, parecia, ao mesmo tempo, escravizado por ela. Ele não conseguia desvincular-se e inventava todo o tipo de desculpa para prorrogar aquela decisão. Quando lhe disse isso, ele pareceu incrivelmente assustado. O velho mordomo do pai, o qual permanecia lá com outros funcionários recontratados, contou-me que as rondas de Edward pela casa, em especial no porão, eram estranhas e ameaçadoras. Perguntei-me, então, se Asenath estaria lhe escrevendo cartas perturbadoras, mas o mordomo disse que não havia nenhuma correspondência que pudesse ter sido escrita por ela.

Foi no Natal que Derby perdeu o controle durante uma de suas visitas a mim. Eu tentava desviar a conversa para as viagens que faríamos no verão quando ele soltou um grito de horror e saltou da cadeira com uma feição de desespero e medo descontrolados, um pânico cósmico e repugnante que se assemelha apenas ao mundo subterrâneo dos pesadelos que acometem a mente sã.

"Meu cérebro! Meu cérebro! Dan do céu, está penetrando... do além... batendo... cavoucando... aquela peste demoníaca... até aqui... Ephraim. *Kamog! Kamog!* A cova dos *shoggoths*! *Ia! Shub-Niggurath!* O Bode e Seus Mil Discípulos!"

"A chama, a chama, além do corpo, além da vida... na terra, meu Deus!"

Eu o sentei de volta à cadeira e fiz com que bebesse um pouco de vinho, então aquele frenesi rapidamente se transformou em apatia. Ele não resistiu, mas os lábios continuaram movendo-se como se estivesse falando consigo mesmo. Notei que tentava falar comigo e aproximei minha orelha de sua boca para tentar capturar algumas palavras.

"Mais uma vez, mais uma vez. Ela está tentando, eu devia saber. Nada pode deter essa força, nenhuma distância ou truque mágico. Ela vem à noite, não consigo impedir, é horrível. Meu Deus, Dan. Se soubesse quão horrível é assim como eu sei..."

Quando cedeu ao estupor, deitei-o sobre algumas almofadas e deixei que o sono se encarregasse dele. Não contatei nenhum médico, pois sabia que ele seria tido como louco, portanto quis dar-lhe uma chance natural, se é que eu tinha essa capacidade. Ele acordou à meia-noite e o levei ao quarto, no andar superior. Ainda cedo, no dia seguinte, Edward se foi. Mais tarde, quando liguei, o mordomo disse que ele estava andando de um lado para o outro na biblioteca.

Edward ficou em frangalhos depois daquele episódio, já não ligava mais, e era eu quem ia ao seu encontro diariamente. Ele estava sempre sentado em sua biblioteca, com o olhar fixo em algum lugar, e parecia ouvir de maneira anormal. Às vezes, falava coisas plausíveis, mas apenas sobre assuntos triviais. Qualquer menção ao problema que tivera, aos planos futuros ou a Asenath lhe punham em turbulência. O mordomo relatou que Edward tinha convulsões assustadoras durante a noite e que, não raro, machucava a si mesmo.

Tive uma longa conversa com o seu médico, com o consultor de investimentos, com seu advogado e finalmente levei um clínico e mais dois especialistas para visitarem-no. Os espasmos que resultaram das primeiras perguntas que lhe foram feitas foram violentos e lamentáveis; naquela noite uma ambulância levou seu pobre corpo enfraquecido ao Sanatório de Arkham. Tornei-me seu tutor, visitava-o duas vezes por semana e quase chorava ao ouvir seus gritos e sussurros de desespero e repetições de zumbidos e frases assombrosas como: "Eu tive que fazer aquilo, tive que fazer aquilo. Eles vão me pegar lá embaixo, na escuridão! Mãe, mãe! Dan! Salvem-me, salvem-me!"

Quanta esperança ainda havia em sua recuperação era difícil dizer, mas fiz o melhor para manter algum otimismo. Edward deveria ter um lugar seguro para ir assim que recebesse alta, então transferi seus funcionários para a mansão dos Derby, a qual seria sua escolha sã. O que fazer a respeito de Crownshield com todos os seus detalhes e coleções complexas de objetos inexplicáveis? Eu tampouco sabia, portanto deixei tudo como estava e pedi aos funcionários de Derby que fossem lá limpar o quarto principal uma vez por semana e que o fornalheiro acendesse a lareira nesses dias.

O pesadelo final aconteceu antes da Festa da Purificação, anunciada pela ironia cruel de uma falsa esperança. Certa manhã, ao final de janeiro, telefonaram do sanatório para relatar que Edward parecia estar recobrando seu equilíbrio. Sua memória contínua, no entanto, estava comprometida severamente, mas a sanidade em si havia sido recuperada. Ficaria mais algum tempo em observação, mas restavam poucas dúvidas sobre o desfecho positivo. Se tudo corresse bem, receberia alta dentro de uma semana.

Fui tomado por um sentimento de grande satisfação precipitada e fiquei desconcertado quando uma enfermeira me levou ao quarto de Edward. O paciente se levantou e me cumprimentou com um aperto de mãos e um sorriso educado. No mesmo instante, percebi que ele permanecia naquele estado energizado tão alheio à sua natureza, aquela personalidade aparentemente capaz que eu achava tão vaga e horrenda, a qual Edward havia relatado que era da alma intrusa de sua esposa. Pude perceber os mesmos olhos em chamas, assim como de Asenath e do velho Ephraim, e os lábios estavam cerrados da mesma maneira firme do fatídico episódio de Chesuncook. Quando falava, eu podia sentir o desalento, a ironia perversa e o odor fétido daquele mal. Aquela era a pessoa que havia dirigido o meu carro naquela noite, cinco meses atrás. Aquela era a pessoa que eu não via desde a visita em que as batidas à porta foram esquecidas e que me provocaram tanto medo. Agora, eu sentia mais uma vez aquela sensação soturna de irreverência alheia e repugnância cósmica e inefável.

Ele falava de maneira afável sobre os preparativos assim que saísse de lá, e eu não podia fazer nada além de consentir, apesar de notar suas evidentes falhas de memória. Mesmo assim, eu sentia que havia algo muitíssimo errado e inexplicavelmente anormal naquilo tudo. Terrores tão profundos que eu não era capaz de acessar. Aquela era uma pessoa sã, sem dúvida, mas era mesmo o Edward Derby que eu conhecia? Caso contrário, quem ou o que era aquilo? Onde estaria Edward? Livre, confinado ou já teria sido extirpado da Terra? Havia um traço de sarcasmo em tudo o que aquela criatura dizia, e os olhos semelhantes aos de Asenath transpareciam um escárnio peculiar e surpreendente em relação à liberdade adquirida por meio daquele confinamento. Eu provavelmente agi de maneira estranha e senti-me satisfeito por ir embora.

Durante todo aquele dia e o próximo, quebrei a cabeça com aquele problema. O que teria ocorrido? Que tipo de mente nos observava por meio daqueles olhos estranhos no rosto de Edward? Eu não conseguia pensar em mais nada além do enigma terrível e obscuro, e desisti de qualquer tentativa de trabalhar. Na manhã seguinte, recebi um telefonema do hospital dizendo que o paciente continuava estável. Ao anoitecer, quase tive um colapso nervoso, admito, embora as pessoas afirmassem que minha visão ficou turva. Não tenho nada a dizer sobre isso, salvo que nenhuma loucura de minha parte poderia dar conta de todas aquelas evidências.

CAPÍTULO 5

Foi durante a madrugada, logo após a segunda noite, que aquele horror pleno e cruel me acometeu e o pânico sufocante pesou sobre meu espírito, que jamais voltará a ser livre. Tudo começou com um telefonema, pouco antes da meia-noite. Eu era o único que ainda estava acordado e atendi a ligação, sonolento, na biblioteca. Ninguém parecia estar do outro lado da linha e eu estava prestes a colocar o telefone no gancho e a voltar para a cama quando o meu ouvido captou um som vago e suspeito do outro lado. Alguém estaria tentando falar com muita dificuldade? Ao prestar atenção novamente, pensei ter ouvido um som de líquido borbulhante, um *"glub...glub...glub"*, que sugeria a divisão silábica de uma palavra ininteligível e inarticulada. Perguntei quem era e a resposta veio no som de borbulhas. Supus que o ruído era de algo mecânico, talvez de algum instrumento quebrado que apenas recebia sons, mas não transmitia, e acrescentei: "Posso ouvir-lhe. Mas seria melhor desligar e tentar 'Informações'". E imediatamente ouvi o meu interlocutor do outro lado da linha.

Isso ocorreu por volta da meia-noite. Quando a ligação foi rastreada, mais tarde, descobri que vinha da velha casa Crownshield, embora fizesse meia-semana completa da partida dos funcionários da casa. Devo apenas dizer o que foi encontrado lá: uma bagunça na dispensa do porão, bem como pegadas, sujeira, um guarda-roupa remexido às pressas, marcas intrigantes no telefone, artigos de escritório revirados e um odor detestável que pairava sobre tudo. A polícia, um bando de pobres tolos, formulava teorias presunçosas e medíocres e procurava os funcionários sinistros que haviam sido dispensados, já fora de mira em meio ao presente furor. Eles falavam sobre uma vingança macabra em relação a acontecimentos passados e me incluíam nelas, pois eu era o melhor amigo e conselheiro de Edward.

Idiotas! Pensam que aqueles palhaços estúpidos teriam forjado aquela letra? Será que pensam que eles causaram o que se sucedeu logo após o ocorrido? Fazem vista grossa diante das mudanças que aconteceram no corpo de Edward? Quanto a mim, posso afirmar, agora acredito em cada palavra dita por ele. Há terrores além da vida corpórea dos quais sequer suspeitamos, e vez ou outra a maldade curiosa do homem é capaz de evocar esses terrores. Ephraim, Asenath, aquele demônio os conjurou e eles tragaram Edward da mesma maneira que estão tragando a mim neste momento.

Como posso ter certeza de que estou seguro se aqueles poderes são capazes de sobreviver à vida física? No dia seguinte, durante a tarde, quando me livrei de toda a prostração e pude caminhar e falar coerentemente, fui à casa maldita e disparei um tiro contra ele, para o bem de Edward e de toda a humanidade, mas como poderei dormir tranquilo até que ele seja cremado? O corpo ainda está retido para mais autópsias desnecessárias que serão realizadas por médicos diferentes, porém suplico que seu corpo seja queimado. O corpo daquele que não era Edward Derby precisa ser pulverizado. E se não for, viverei louco, pois sei que sou o próximo. No entanto, não sou débil e resistirei aos terrores que o cercam. Uma vida, Ephraim, Asenath, Edward, e quem mais? Eu jamais sairei do meu corpo... jamais trocarei de alma com aquela criatura morta e baleada na casa maldita!

No entanto, deixe-me tentar explicar o desfecho de todo aquele terror de forma coerente. Não vou falar sobre o que a polícia tentou ignorar persistentemente, ou seja, as historietas sobre aquela criatura diminuta, grotesca e malcheirosa encontrada por pelo menos três transeuntes na Rua High pouco antes das duas da manhã e a natureza dos rastros peculiares em certos lugares. Somente digo que por volta das duas da manhã, a campainha e as batidas à porta me acordaram; tanto a campainha quanto a aldrava alternadamente em um ritmo de desespero enfraquecido, ambas ressoaram o velho toque de Edward ao visitar-me: "três-pausa-dois".

Acordei de um sono profundo e minha mente foi tomada por um turbilhão. Derby estava à porta e lembrou-se do código! Aquela nova personalidade não lembrava disso, será que Edward estava mesmo de volta em seu estado normal? Por que estaria ali em meio a um estado de estresse e agonia? Teria recebido alta mais cedo ou escapado do sanatório? Talvez, pensava comigo ao correr pelas escadas vestindo o meu penhoar, quando voltou para o próprio corpo, teria mergulhado em um sentimento de raiva e agressividade, o que o teria levado a revogar a alta e querer fugir em busca de desesperada liberdade. O que quer que tivesse ocorrido, era o bom e velho Edward novamente, e eu estava disposto a ajudá-lo.

Quando abri a porta para a escuridão, coberta pelo arco de olmo da entrada, uma rajada de vento insuportavelmente fétida quase me curvou. Engasguei-me, nauseado, e por um segundo mal pude enxergar aquela figura diminuta e encolhida sobre a soleira da porta. As batidas eram de Edward, mas que gozação sórdida e atrofiada era aquela diante de mim? Onde Edward teria se escondido? Suas batidas haviam ressoado à porta segundos antes que eu a abrisse.

A criatura vestia um dos casacos de Edward, cuja barra quase arrastava pelo chão, e as mangas eram tão longas que cobriam suas mãos. Sobre a cabeça, um chapéu de abas longas com a lapela baixa, e um cachecol negro de seda cobria sua face. Assim que dei um passo em sua direção, a figura soltou um ruído semilíquido, o mesmo que ouvi ao telefone, e empurrou em minha direção um pedaço de papel escrito, o qual estava fincado na ponta de um grande lápis. Ainda preso ao carretel de fedor mórbido e indescritível, recolhi o papel e tentei ler o que estava escrito sob a luz da entrada.

Aquela era a letra de Edward, sem sombra de dúvida. Mas por que escrevera a carta antes de tocar a campainha e por que a letra estava tão estranha, escrita de maneira grosseira e trêmula? Eu não conseguia entender nada sob aquela meia-luz, então me aproximei do rol, assim como a figura diminuta, a qual se abeirou de mim de maneira quase mecânica e pausou junto à porta, já no interior da casa. O odor daquele mensageiro era realmente estonteante, e eu esperava (não em vão, pelo amor de Deus!) que minha esposa não acordasse e o visse.

Em seguida, ao ler a mensagem no papel, senti meus joelhos ceder e minha visão turvar. Estava esparramado sobre o chão quando senti o maldito pedaço de papel amassado entre meus dedos rígidos de pavor. E isso foi o que Edward disse:

"Dan, vá ao sanatório e mate-o. Extermine-o de uma vez por todas. Aquele já não é Edward Derby. Asenath me dominou por completo e morreu três meses e meio atrás. Menti quando disse que ela tinha ido embora. Na verdade, eu a matei. Tive de fazê-lo. Foi tudo muito repentino. Estávamos sozinhos e eu estava no meu próprio corpo. Vi um castiçal e atravessei a cabeça dela no objeto. Ela ia me matar no Dia de Todos os Santos."

"Enterrei-a na despensa do porão, sob algumas caixas, e limpei todos os vestígios. Os funcionários suspeitaram na manhã seguinte, mas têm tantos segredos que preferiram não chamar a atenção da polícia. Mandei-os embora, mas Deus sabe o que eles e outras pessoas da seita são capazes de fazer."

"Pensei que estivesse tudo bem, até que senti uma dor penetrante na cabeça. Eu sabia o que era, eu deveria ter lembrado. Almas como a dela ou como a de Ephraim são parcialmente destacadas de si e mantêm-se vivas após a morte até que o seu corpo vire pó. E ela conseguiu, apossou-se de mim e me fez trocar de corpo com ela, colocou-me no cadáver dela, preso no porão."

"Eu sabia o que aconteceria, então fugi e fui para o sanatório. Mas, durante uma noite, percebi que estava sufocado em meio ao escuro, na carcaça podre de Asenath, preso no porão sob as caixas, onde a havia deixado. Neste instante, constatei que ela estava em meu corpo no sanatório, permanentemente, pois a troca havia ocorrido logo depois da celebração do Dia dos Mortos, mas o sacrifício aconteceria mesmo que ela não estivesse lá, sã e pronta para a libertação, uma verdadeira ameaça ao mundo. Desesperei-me e, apesar de tudo, consegui sair de lá."

"Estou muito longe para falar agora, não consegui telefonar, mas ainda posso escrever. Vou consertar tudo de alguma maneira e volto para uma última palavra e um alerta. Mate aquele diabo se ainda valorizar a paz e o conforto que o mundo pode lhe trazer. Tenha certeza de que o corpo foi cremado. Caso contrário, ela permanecerá viva, de corpo em corpo, para sempre. Não sei do que é capaz. Portanto, mantenha-se longe de qualquer tipo de magia negra, Dan, isso é coisa do diabo. Adeus, você foi um ótimo amigo. Conte à polícia qualquer coisa crível. Mil desculpas por colocá-lo nesta situação. Estarei em paz em breve, essa coisa não perdurará por muito tempo. Espero que consiga ler esta carta. Mate aquela coisa, extermine-a. Do seu amigo, Ed."

Apenas terminei de ler o último trecho da carta mais tarde, pois desmaiei ao final do terceiro parágrafo. E desmaiei de novo quando vi e senti o que era a coisa que jazia no limiar da porta, onde o vento abafado batia. O mensageiro não se movia e não tinha nenhum tipo de consciência.

O mordomo, um homem de mais fibra do que eu, não desmaiou quando viu o que repousava no meio do rol logo cedo. Pelo contrário, ligou para a polícia. Quando chegaram, eu já havia sido levado para o quarto, no entanto a massa morta ficara exatamente onde havia caído à noite. Os homens chegaram e cobriram as narinas com lenços.

O que encontraram em meio às roupas estranhamente sortidas de Edward era uma massa líquida repugnante. Havia ossos também, bem como um crânio desmantelado. Mais tarde, uma análise da arcada dentária constatou que aquele era, na verdade, o cadáver decomposto de Asenath.

FIM

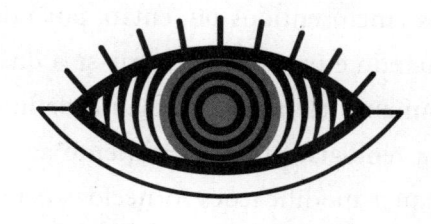

O INOMINÁVEL

Estávamos sentados sobre uma tumba dilapidada do século XVII, no final de uma tarde de outono, no antigo cemitério de Arkham, enquanto especulávamos sobre "o inominável". Ao olhar na direção de um salgueiro gigante, cujo tronco praticamente tragava uma lápide longeva e ilegível, fiz uma observação fantástica sobre o suposto alimento espectral e indizível que era o sustento daquelas raízes colossais em meio àquela terra velha e pútrida. No mesmo instante, fui repreendido pelo meu amigo por tamanho absurdo e, logo em seguida, ele me disse que nenhum enterro acontecia lá há mais de um século, portanto nada existia lá que pudesse servir de alimento ao salgueiro, salvo pelas vias comuns. Além disso, acrescentou, minha conversa constante sobre o "inominável" e o "indizível" era um dispositivo assaz pueril e condizente com a minha ínfima reputação como autor. De fato, sempre fui muito inclinado a finalizar meus contos com suspiros ou sons que paralisavam os poderes dos meus heróis e, ao mesmo tempo, sugavam sua coragem, palavras e associações a ponto de não conseguirem explicar o que tinham testemunhado. Segundo ele, nós descobrimos as coisas apenas por meio de nossos cinco sentidos ou, então, por nossas intuições, as quais utilizamos quando é impossível referir-se a qualquer objeto que não pode ser claramente retratado mediante definições factíveis ou doutrinas exatas da teologia, preferencialmente aquelas congregacionalistas, com quaisquer modificações fornecidas pela tradição ou pelo senhor Arthur Conan Doyle[45].

Com esse amigo, Joel Manton, debatia com frequência e de maneira despretensiosa. Ele era o reitor da East High School, nascido e criado em Boston, e compartilhava a calmaria presunçosa de New England com os delicados sobretons da vida. Era sob o olhar dele que as nossas experiências triviais e objetivas ganhavam uma significância estética. Segundo ele, não era incumbência do artista apenas provocar emoções fortes por meio da ação, do êxtase e da estupefação, mas era imprescindível manter um interesse e uma apreciação plácidos por meio de manifestações precisas e detalhadas sobre os assuntos cotidianos. Ele se opunha, em especial, e para meu alarde, a tudo que era místico e inexplicável, pois, embora acreditasse no mundo sobrenatural muito mais do que eu, não admitia que o assunto era corriqueiro o bastante sob o espectro da literatura. O fato de que a mente é capaz de encontrar prazer em fugas da esteira cotidiana – por meio de recombinações originais e dramáticas de imagens geralmente fornecidas pelo hábito e pela monotonia, através de padrões triviais da real existência – era algo virtualmente incrível para o seu intelecto claro, prático e lógico. Com ele, todas as coisas e sentimentos tinham dimensões, propriedades, causas e efeitos fixos e, apesar de saber de maneira superficial que a mente poderia ocasionalmente reter visões e sensações de naturezas muito menos geométricas, classificáveis e manipuláveis, acreditava ser possível justificar um limite arbitrário e descartar do juízo tudo aquilo

---

[45] Escritor britânico, famoso pelo gênero investigativo e pela criação do personagem Sherlock Holmes. (N.T.)

não pudesse ser testemunhado e compreendido pelo cidadão comum. Além disso, ele tinha quase certeza de que nada era realmente "inominável". Não lhe parecia sensato.

Embora eu percebesse a futilidade dos argumentos imaginativos e metafísicos contra a complacência de um habitante da luz ortodoxo, algo na cena daquele colóquio vespertino me transmitiu uma sensação de contentamento mais intensa do que o habitual: as lápides pensas e deterioradas, as árvores patriarcas, os telhados holandeses de séculos atrás que se estendiam a perder de vista pela velha cidade mal-assombrada, enfim, a combinação de cada elemento enchia meu espírito em defesa do meu trabalho; e logo me vi caminhando em direção ao território inimigo. De fato, não seria difícil iniciar um contra-ataque, pois eu sabia que Joel Manton acreditava em algumas superstições antigas que pessoas sofisticadas haviam nutrido no passado, crenças na aparição de mortos-vivos em lugares distantes e impressões deixadas por rostos antigos em janelas observadas por longos anos. Para dar crédito aos rumores das vovós interioranas, passei a insistir. Argumentei a favor da existência de substâncias espectrais na Terra que são, ao mesmo tempo, alheias e derivadas de suas matérias físicas. Falei a respeito da capacidade de acreditarmos em fenômenos além das noções naturais, pois, se um homem morto pode transmitir sua imagem tangível ou visível a certas partes do mundo e através dos séculos, por que seria tão absurdo supor que aquelas casas desertas estariam povoadas por consciências anormais? E por que não seria possível dizer que as velhas tumbas estariam repletas de algum tipo de inteligência não corpórea e atroz que teria perdurado por gerações? E, já que o espírito, ao manifestar-se, não estaria, portanto, limitado pelas leis da matéria, por que seria um ultraje tão grande imaginar que as coisas mortas, porém vivas de maneira paranormal e desprovidas de uma silhueta física, poderiam ser depuradas através dos olhos humanos como absoluta e assustadoramente "inomináveis"? Assegurei ao meu amigo, com empatia, que o nosso "senso comum", o qual tendia a refletir-se nesses assuntos, era, na verdade, a ausência mera e estúpida da imaginação e da flexibilidade psíquica.

O crepúsculo se aproximava, mas continuamos engajados em nossa discussão. Manton não parecia impressionado pelos meus argumentos, pelo contrário, estava ávido em rebatê-los com grande confiança em suas próprias opiniões, as mesmas que lhe haviam conferido sucesso como professor. Enquanto isso, eu permanecia convicto demais de minhas fundamentações para temer qualquer derrota. A noite caiu, e as luzes cintilaram enfraquecidas através das janelas distantes, mas não nos movemos. Sentíamo-nos confortáveis recostados sobre aquelas tumbas, e eu sabia que meu amigo prosaico não se importava com a fissura cavernosa formada pelas raízes em meio à construção centenária de tijolos bem atrás de nós, tampouco se importava com a escuridão absoluta do local trazida pela intervenção de uma casa longeva, desértica e cambaleante do século XVII que jazia entre nós e a estrada iluminada mais próxima. Lá, no escuro, sobre aquela tumba rachada pela casa deserta, falamos sobre o "inominável", e, assim que meu amigo concluiu seu escárnio, mencionei a evidência nefasta por trás da história sobre a qual ele havia zombado com mais afinco.

Meu conto se chamava "A Janela do Sótão" e havia figurado a edição chamada *Sussurros* de janeiro de 1922. Em muitos bons lugares, especialmente no sul e na costa do Pacífico, eles retiraram as revistas das bancas de jornais devido a reclamações de alguns covardes, mas New England não se abalou e ignorou a minha extravagância. A coisa, segundo alegaram, era biologicamente impossível, para começo de conversa, e era mais um rumor interiorano e fantasioso que o ministro Cotton Mather havia sido ingênuo o bastante para se desfazer sem cerimônia em seu *Magnalia Christi Americana*[46], e tão pobremente

---

[46] Livro publicado pelo ministro Cotton Mather a respeito da história eclesiástica da América do Norte. (N.T.)

autenticado que ele mesmo não havia sequer ousado nomear a localidade onde os horrores haviam ocorrido. Quanto à maneira, evidenciei aqueles rabiscos vazios sobre o misticismo antigo, o qual era impossível e característico de um escriba duvidoso e teórico! Mather tinha, de fato, falado sobre algo que havia nascido, mas ninguém, salvo um sensacionalista barato, teria pensado que a coisa cresceria escondida no sótão de uma casa e olharia através das janelas durante a noite, em espírito e carne, até que alguém a visse através da janela séculos mais tarde e sequer pudesse descrever o que era aquilo que havia lhe deixado de cabelos brancos. Tudo aquilo era um lixo evidente, e meu amigo Manton não demorou em insistir naquele fato. Em seguida, contei-lhe sobre o que eu tinha encontrado em um velho diário escrito entre 1706 e 1723, encoberto por documentos de família a pouco mais de um quilômetro de onde estávamos sentados. Além disso, havia a veracidade das cicatrizes deixadas no tórax e nas costas de um dos meus parentes, descritas no diário. Contei-lhe sobre o medo da população daquela região, sobre a quantidade de rumores sussurrados através de gerações e que nenhuma loucura mítica havia acometido o garoto até então, o mesmo garoto que, em 1793, entrara em uma casa abandonada para examinar vestígios suspeitos.

Tinha sido algo sobrenatural; não é uma novidade que os alunos mais sensíveis temem, até os dias atuais, a época do puritanismo em Massachussets. Sabe-se tão pouco a respeito do que de fato ocorreu por baixo dos lençóis, tão pouco, mesmo assim há uma pústula fantasmagórica que efervesce em putrescência mediante olhares ocasionais e macabros. O terror da bruxaria é um raio de luz horrível que incide sobre os miolos cozidos dos homens, entretanto até isso é uma zombaria. Não havia nada de belo, nenhuma liberdade, o que é notável pelos resquícios arquitetônicos e domésticos, bem como pelos sermões envenenados de teólogos acabrunhados. E, dentro daquela camisa de força de ferro e enferrujada, os horrores, a perversão e o diabolismo espreitavam. Essa era a verdadeira apoteose do inominável.

Cotton Mather, naquele sexto livro demoníaco que ninguém deveria ler durante o crepúsculo, não esclareceu nenhuma palavra ao abordar seu anátema. Rígido como um profeta judeu, e laconicamente apático como nenhum outro, ele falou sobre a besta que nascera e trouxera consigo algo ainda mais característico de sua natureza inumana: os olhos manchados e os gritos embebidos em miséria por deter tais características. Cotton Mather abordou tais detalhes com franqueza, mas sem mencionar o que viria depois. Talvez não soubesse e tampouco ousasse falar a respeito. Outros sabiam, no entanto não se atreviam a tocar no assunto; não há indícios públicos do motivo pelo qual falavam sobre a tranca da porta que guiava para a escada do sótão na casa de um senhor amargurado, debilitado e sem filhos que havia encravado uma lápide vazia e inclinada ao lado de uma cova evitada, embora fosse possível rastrear lendas escusas e aterrorizantes.

Tudo estava escrito no diário que eu havia encontrado, todas as insinuações silenciosas e os contos furtivos sobre coisas como os olhos manchados vistos através de janelas durante a noite ou em prados desérticos próximos das florestas. Algo havia chamado a atenção do meu parente longevo em uma estrada à beira de um vale escuro, a mesma coisa que o havia deixado com marcas de chifres no tórax e garras de símio nas costas, e, ao realizarem buscas pela região por pegadas em meio à poeira, encontraram partes heterogêneas de cascos partidos e patas vagamente antropoides. Certa vez, um funcionário dos correios alegou ter visto um senhor que parecia perseguir e chamar por uma coisa que trotava assustadoramente, uma coisa sem nome, durante as horas debilmente banhadas pela luz da lua em meio à Colina Meadow, pouco antes do amanhecer. Muitos acreditaram nele. Conversas estranhas certamente ocorreram certa noite em 1710, quando o senhor debilitado e sem filhos foi enterrado em uma cripta atrás de sua própria casa, com vistas para aquela lápide inclinada e sem escritos. Nunca chegaram a destravar a porta que levava ao sótão; pelo contrário, deixaram a casa exatamente como estava, assustadora e desértica. Quando sons eram ouvidos de lá, a população tremia de pavor, disseminava sussurros e esperava que a tranca daquela porta do sótão fosse forte o bastante. Entretanto, perderam todas as esperanças quando o horror acometeu um curato, sem deixar sequer uma alma viva ou qualquer vestígio. Com o passar dos anos, as lendas absorvem uma característica espectral, e suponho que a coisa, se é que estivera viva em algum momento, já deveria ter morrido. No entanto, as memórias permaneceram ainda mais repulsivas, pois já não havia mais segredos.

Durante a minha narrativa, meu amigo Manton foi acometido por um silêncio sepulcral, e então percebi que minhas palavras haviam finalmente tocado-lhe de alguma maneira. Ele não riu quando pausei, mas perguntou seriamente sobre o garoto que enlouquecera em 1793 e que era presumivelmente o herói da minha história de ficção. Então, contei-lhe por qual razão o garoto decidira passar um tempo naquela casa esquiva e desértica: tinha interesse em investigar as imagens latentes retidas nas janelas de quem tanto as havia observado. O garoto subiu ao sótão macabro imbuído do intuito de verificar as janelas em razão de tudo o que ouvira sobre elas. No entanto, voltou de lá tomado por um pânico histérico.

Manton continuava pensativo à medida que ouvia a minha história, mas aos poucos recobrou sua capacidade analítica. Ele assumiu, pelo bem da discussão, que algum tipo de monstro sobrenatural deveria ter existido, mas observou que até mesmo a perversão de natureza mais mórbida não precisava ser inominável ou cientificamente indescritível. Admirei sua clareza e persistência e acrescentei algumas outras revelações que eu havia coletado da população mais antiga. Aquelas lendas espectrais e póstumas, assegurei, referiam-se a aparições monstruosas mais assustadoras do que qualquer coisa orgânica, manifestações de formas bestiais e gigantescas, por vezes visíveis ou apenas tangíveis, flutuando pelas noites sem luar e assombrando a velha casa, a cripta logo atrás dela e a tumba onde escassas mudas de plantas haviam crescido ao lado da lápide ilegível. Se aquelas aparições haviam ou não assustado ou asfixiado pessoas até a morte, tal e qual as lendas alegavam sem nenhum tipo de fundamentação, haviam, pelo menos, produzido impressões consistentes e eram ainda temidas pelos anciãos, embora largamente esquecidas pelas duas últimas gerações na boca das quais tais lendas teriam decerto minguado por falta de reflexão. Além disso, quanto à teoria estética, se as emanações psíquicas das criaturas humanas fossem distorções grotescas, quais representações coerentes poderiam expressar ou retratar de maneira tão frutífera ou infame uma nébula como o espectro de uma perversão caótica e maligna, em si mesma uma blasfêmia mórbida contra a natureza? Tendo sido, portanto, moldado pelo cérebro morto de um pesadelo híbrido, o referido terror vaporoso não constituiria em si uma verdade assombrosa acerca do extraordinário e uivante "inominável"?

As horas haviam passado rapidamente, e já era bastante tarde. Um único morcego silencioso passou por mim, e creio ter tocado Manton também, pois, apesar de não o ter visto, percebi que levantou o braço. Nesse instante, falou:

– Mas a tal casa da janela do sótão ainda permanece lá, inabitada?

– Sim – respondi. – Eu a vi.

– E encontrou algo lá dentro, no sótão ou em qualquer outra parte?

– Havia ossos nos beirais. O garoto pode tê-los visto e, se era sensível o bastante, não precisaria sequer chegar às janelas do sótão para entrar em um estado de perturbação. Se o motivo de sua loucura vinha de um único objeto, teria de ser uma monstruosidade histérica e delirante.

Era uma heresia deixar aqueles ossos expostos ao mundo e, portanto, coloquei-os em um saco e os levei à tumba logo atrás da casa, onde havia uma fenda em que os pude inserir. Não pense que fui tolo, você deve ter visto aquele crânio. Tinha chifres de aproximadamente dez centímetros, mas os ossos da face eram como os seus e os meus.

Finalmente percebi que Manton foi acometido por um arrepio, depois do qual se aproximou de mim. Porém, sua curiosidade intrépida permanecia viva.

– E as vidraças? – perguntou.

– Já não havia mais vidraças. Uma delas já não tinha moldura e nas outras não havia nenhum sinal de vidro nas aberturas pequenas em formato de diamante. Eram janelas de treliça antiga que saíram de moda antes de 1700. Creio que já não possuem vidro há pelo menos cem anos, ou mais. Se é que conseguiu aproximar-se, pode ser que o garoto as tenha quebrado, entretanto a lenda não faz menção a isso.

– Gostaria de ver a tal casa, Carter. Onde fica? Com ou sem vidros, gostaria de explorá-la um pouco. Também gostaria de ver a tumba onde colocou os ossos e a lápide sem inscrição nenhuma, todo o conjunto parece-me um tanto espantoso. – Manton falou com ar reflexivo.

– Você a viu até que a noite se pôs.

Meu amigo estava mais chocado do que jamais supus, pois, com aquele toque teatral e inofensivo, pareceu afastar-se de mim, levantou o tom da voz e tornou-se ofegante, transparecendo certa tensão sem dúvida provocada por uma repressão anterior. Sua voz estava estranha e parecia ainda mais terrível porque obteve uma resposta para a sua pergunta. O eco de sua voz reverberava e, então, ouvi um rangido em meio ao breu da escuridão. Nesse instante, eu soube que uma das treliças estava sendo aberta naquela velha casa ao nosso lado, e sabia que o som vinha daquela janela medonha e sem moldura do sótão demoníaco, pois nenhuma outra moldura havia sobrevivido ao tempo.

Em seguida, ouvi um ruído nocivo de uma rajada frígida de vento que vinha da mesma direção assustadora, e depois um grito penetrante bem ao meu lado, proveniente da fissura daquela mortalha chocante de homem e monstro. No instante seguinte, fui expelido do meu banco fúnebre pela debulha demoníaca de uma entidade invisível de magnitude titânica, mas de natureza indefinida. Rastejei em meio aos fungos daquelas raízes retorcidas, enquanto da tumba um berro grave e reprimido pôde ser ouvido, o qual parecia sufocado e sibilante. Um grito seguido de um brilho sem raios de legiões miltônicas e disformes que aquela população fantasiosa tanto amaldiçoava. Havia um vórtice de vento abafado e gélido e depois um ruído de chocalho de tijolos e gesso soltos, mas, a essa altura, eu já havia misericordiosamente desmaiado antes de entender o que era.

Embora Manton fosse menor do que eu, era com toda certeza mais resiliente. Abrimos os nossos olhos praticamente no mesmo instante, apesar de ele estar mais machucado do que eu. Nossos leitos estavam lado a lado, e descobrimos em poucos instantes que estávamos no Hospital Saint Mary. Alguns funcionários estavam aglomerados ao nosso redor, muito curiosos e ávidos por nos dizer como havíamos chegado lá. Logo, descobrimos que um fazendeiro nos havia encontrado ao meio-dia em um campo solitário além da Colina Meadow, a um quilômetro do antigo cemitério, em um local onde a lenda reza que existia um abatedouro. Manton tinha duas feridas escabrosas no peito e outros cortes menos graves ou goivadas nas costas. Eu não estava tão machucado, mas estava coberto de pápulas e hematomas da natureza mais desorientadora possível, incluindo a marca de um casco dividido ao meio. Era evidente que Manton sabia mais sobre o que havia ocorrido do que eu, mas não disse nada aos médicos confusos e indagadores até que soubesse que tipo de machucado era aquele. Em seguida, informaram-nos de que havíamos sido vítimas de um touro enraivecido, apesar da dificuldade de identificar e categorizar o animal.

Quando os médicos e enfermeiros se foram, fiz-lhe uma pergunta perplexa:

– Deus do céu, Manton, o que era aquela coisa? Essas cicatrizes foram feitas por um touro mesmo?

Eu estava muito zonzo para esboçar qualquer triunfo quando ele sussurrou algo que eu esperei por tanto tempo:

– Não, não foi nada disso. A coisa estava por todos os cantos; era uma espécie de gelatina ou gosma; mesmo assim, possuía formas, mil formas horrendas além de qualquer imaginação. Tinha olhos e uma mancha. Saiu da cova como um turbilhão, uma verdadeira aberração. Carter, tenho de confessar, era o inominável!

FIM